现当代名家作品典藏

林清玄散文精选

清梦独行

林清玄 著

華中科技大學出版社
http://www.hustp.com
中国·武汉

图书在版编目（CIP）数据

林清玄散文精选：清梦独行/林清玄著. —武汉：华中科技大学出版社，2018.6（2022.1 重印）

（现当代名家作品典藏）

ISBN 978-7-5680-4016-7

Ⅰ. ①林… Ⅱ. ①林… Ⅲ. ①散文集-中国-当代 Ⅳ. ①I267

中国版本图书馆 CIP 数据核字（2018）第 083197 号

林清玄散文精选：清梦独行

Lin Qingxuan Sanwen Jingxuan：Qingmeng Duxing

林清玄 著

策划编辑：夏 帆

责任编辑：夏 帆

封面设计：胡萝卜设计

责任监印：朱 玢

出版发行：华中科技大学出版社（中国·武汉） 电话：（027）81321913

武汉市东湖新技术开发区华工科技园 邮编：430223

录 排：华中科技大学惠友文印中心

印 刷：北京兴星伟业印刷有限公司

开 本：880mm×1230mm 1/32

印 张：9.25

字 数：210 千字

版 次：2018 年 6 月第 1 版 2022 年 1 月第 3 次印刷

定 价：49.00 元

目录

篇六:诗情/259

篇一：生活有味

冬天的太阳这么美好，阳光下的一切都那么金灿灿的、暖烘烘的，更懒洋洋的。我终于卸下了尘土般的疲惫，让自己也变得懒洋洋的。和这水涟一起发呆，发笑。

太阳雨

对太阳雨的第一印象是这样子的。

幼年随母亲到芋田里采芋梗，要回家做晚餐，母亲用半月形的小刀把芋梗采下，我蹲在一旁看着，想起芋梗油焖豆瓣酱的美味。

突然，被一阵巨大震耳的雷声所惊动，那雷声来自远方的山上。

我站起来，望向雷声的来处，发现天空那头的乌云好似听到了召集令，同时向山头的顶端飞驰奔跑去集合，密密层层地叠成一堆。雷声继续响着，仿佛战鼓频催，一阵急过一阵，忽然，将军喊了一声："冲呀!"

乌云里哗哗洒下一阵大雨，雨势极大，大到数公里之外就听见噼啪之声，撒豆成兵一样。我站在田里被这阵雨的气势慑住了，看着远处的雨幕发呆，因为如此巨大的雷声、如此迅速集结的乌云、如此不可思议的澎湃之雨，是我第一次看见。

说是"雨幕"一点也不错，那阵雨就像电影散场时拉起来的厚重黑幕，整齐地拉成一列，雨水则踏着军人的正步，齐声踩过田原，还呼喊着雄壮威武的口令。

平常我听到大雷声都要哭的，那一天却没有哭，就像第一次被鹅咬到屁股，意外多过惊慌。最奇异的是，雨虽是那样大，离我和母亲的位置不远，而我们站的地方阳光依然普照，母亲也没有要跑的意思。

“妈妈，雨快到了，下很大呢!”

“是西北雨，没要紧，不一定会下到这里。”

母亲的话说完才一瞬间，西北雨就到了，有如机枪掠空，哗啦一声从我们头顶掠过，就在扫过的那一刹那，我的全身已经湿透，那雨滴的巨大也超乎我的想象，炸开来几乎有一个手掌，打在身上，微微发疼。

西北雨淹住我们，继续向前冲去。奇异的是，我们站的地方仍然阳光普照，使落下的雨丝恍如金线，一条一条编织成金黄色的大地，溅起来的水滴像是碎金屑，真是美极了。

母亲还是没有要躲雨的意思，事实上空旷的田野也无处可躲，她继续把未采收过的芋梗采收完毕，记得她曾告诉我，如果不把粗的芋梗割下，包覆其中的嫩叶就会壮大得慢，在地里的芋头也长不坚实。

把芋梗用草捆扎起来的时候，母亲对我说：“这是西北雨，如果边出太阳边下雨，叫作日头雨，也叫作三八雨。”接着，她解释说：“我刚刚以为这阵雨不会下到芋田，没想到看错了，因为日头雨虽然大，却下不广，也下不久。”

我们在田里对话就像家中一般平常，几乎忘记是站在庞大的雨阵中，母亲大概是看到我愣头愣脑的样子，笑了，说：“打在头上会痛吧!”然后顺手割下一片最大的芋叶，让我撑着，芋叶遮不住西北雨，却可以暂时挡住雨的疼痛。

我们工作快完的时候，西北雨就停了，我随着母亲沿田埂走回家，看到充沛的水在圳沟里奔流，整个旗尾溪都快涨满了，可见这雨虽短暂，却是多么巨大。

太阳依然照着，好像无视于刚刚的一场雨，我感觉自己身上的雨水向上快速地蒸发，田地上也像冒着腾腾的白气。觉得空气里有一股甜甜的热，土地上则充满着生机。

“这西北雨是很肥的，对我们的土地是最好的东西，我们做田人，偶尔淋几次西北雨，以后风呀雨呀，就不会轻易让我们感冒。”田埂只容一人通过，母亲回头对我说。

这时，我们走到蕉园附近，高大的父亲从蕉园穿出来，全身也湿透了，“咻！这阵雨有够大!”然后他把我抱起来，摸摸我的光头，说：“有给雷公惊到否?”我摇摇头，父亲高兴地笑了：“哈……金刚头，不惊风、不惊雨、不惊日头。”

接着，他把斗笠戴在我头上，我们慢慢地走回家去。

回到家，我身上的衣服都干了，在家院前我仰头看着刚刚下过太阳雨的田野远处，看到一条圆弧形的彩虹，晶亮地横过天际，天空中干净清朗，没有一丝杂质。

每年到了夏天，在台湾南部都有西北雨，午后刚睡好午觉，雷声就会准时响起，有时下在东边，有时下在西边，像是雨和土地的约会。在台北都城，夏天的时候如果空气污浊，我就会想：“如果来一场西北雨就好了!”

西北雨虽然狂烈，却是土地生机的来源，也让我们在雄浑的雨景中，感到人是多么渺小。

我觉得这世界之所以会人欲横流、贪婪无尽，是由于人不能自见渺小，因此对天地与自然的律则缺少敬畏的缘故。大风大雨在某些时刻给我们一种无尽的启发，记得我小时候遇过几次大台风，从家里的木格窗，看见父亲种的香蕉，成排成排地倒下去，心里忧伤，却也同时感受到无比的大力，对自然有一种敬畏之情。

台风过后，我们小孩子会相约到旗尾溪“看大水”，看大水淹没了溪洲，淹到堤防的腰际，上游的牛羊猪鸡，甚至农舍的屋顶，都在溪中浮沉漂流而去，有时还会看见两人合围的大树，整棵连根流向大海，我们就会默然肃立，不能言语。呀！从山水与生命的远景看来，人是渺小一如蝼蚁的。

我时常忆起那骤下骤停、瞬间阳光普照；或一边下大雨、一边出太阳的“太阳雨”。所谓的“三八雨”就是一块田里，一边下着雨，另外一边却不下雨，我有几次站在那雨线中间，让身体的右边接受雨的打击、左边接受阳光的照耀。

三八雨是人生的一个谜题，使我难以明白，问了母亲，她三言两语就解开这个谜题，她说：

“任何事物都有界限，山再高，总有一个顶点；河流再长，总能找到它的起源；人再长寿，也不可能永远活着；雨也是这样，不可能遍天下都下着雨，也不可能永远下着……”

在过程里固然变化万千，结局也总是不可预测的，我们可能同时接受着雨的打击和阳光的温暖，我们也可能同时接受阳光无情的暴晒与雨水有情的润泽，山水介于有情与无情之间，能适性地、勇敢地举起脚步，我们就不能因自然的轻踩得到感冒。

在苏东坡的词里有一首《水调歌头》，是我很喜欢的，他说：

落日绣帘卷，亭下水连空。知君为我新作，窗户湿青红。长记平山堂上，欹枕江南烟雨，杳杳没孤鸿。认得醉翁语，山色有无中。

一千顷，都镜净，倒碧峰。忽然浪起，掀舞一叶白头翁。堪笑兰台公子，未解庄生天籁，刚道有雌雄。一点浩然气，千里快哉风！

在人生广大的倒影里，原没有雌雄之别，千顷山河如镜，山色在有无之间，使我想起南方故乡的太阳雨，最爱的是末后两句："一点浩然气，千里快哉风！"心里存有浩然之气的人，千里的风都不亦快哉，为他飞舞、为他鼓掌！

这样想来，生命的大风大雨，不都是我们的掌声吗？

冰糖芋泥

每到冬寒时节，我时常想起幼年时候，坐在老家西厢房里，一家人围着大灶，吃母亲做的冰糖芋泥。事隔廿几年，每回想起，齿颊还会涌起一片甘香。

有时候没事，读书到深夜，我也会学着妈妈的方法，熬一碗冰糖芋泥，温暖犹在，但味道已大不如前了。我想，冰糖芋泥对我，不只是一种食物，而是一种感觉，是冬夜里的暖意。

成长在台湾光复后几年的孩子，对番薯和芋头这两种食物，相信记忆都非常深刻。早年在乡下，白米饭对我们来讲是一种奢想，三餐时，饭锅里的米饭和番薯永远是不成比例的，有时早上喝到一碗未掺番薯的白粥，就会高兴半天。

生活在那种景况中的孩子只有自求多福，但最难为的恐怕是妈妈，因为她时刻都在想如何为那简单贫乏的食物设计一些新的花样，让我们不感到厌倦，并增加我们的生活趣味。我至今最怀念的是母亲费尽心机在食物上所创造的匠心和巧意。

打从我刚学会走路的时候，就经常在午后的空闲里，随着母亲到田中采摘野菜，她能分辨出什么野菜可以食用，且加以最可口的配方。譬如有一道菜叫“乌莘菜”的，母亲采下那最嫩的芽，用太白粉烧汤，那又浓又香的汤汁我到今天还不敢稍稍忘记。

即使是番薯的叶子，摘回来后剥皮去丝，不管是火炒，还是清煮，都有特别的翠意。

如果遇到雨后，母亲就拿把铲子和竹篮，到竹林中去挖掘那些刚要冒出头来的竹笋。竹林中阴湿的地方常生长着一种可食用的蕈类，是银灰而带点褐色的。母亲称为“鸡肉丝菇”，炒起来的味道真是如同鸡肉丝一样。

就是乡间随意生长的青凤梨，母亲都有办法变出几道不同的菜式。

母亲是那种做菜时常常有灵感的人，可是遇到我们几乎天天都要食用、等于是主食的番薯和芋头则不免头痛。将番薯和芋头加在米饭里蒸煮是很容易的，可是如果天天吃着这样的食物，恐怕脾气再好的孩子都要哭丧着脸。

在我们家，番薯和芋头都是长年不缺的，番薯种在离溪河不远处的沙地，纵在最困苦的年代，也会繁茂地生长，取之不尽，食之不绝。芋头则种在田野沟渠的旁边，果实硕大坚硬，也是四季不缺。

我常看到母亲对着用整布袋装回来的番薯和芋头发愁，然后她开始在发愁中创造，企图用最平凡的食物，来做最不平凡的菜肴，让我们整天吃这两种东西不感到烦腻。

母亲当然把最好的部分留下来掺在饭里，其他的，她则小心翼翼地将之切成薄片，用糖、面粉，和我们自己生产的鸡蛋打成糊状，薄片沾着粉糊下到油锅里炸，到呈金黄色的时刻捞起，然后用一个大的铁罐盛装，就成为我们日常食用的饼干。由于母亲故意宝爱着那些饼干，我们吃的时候是用分配的，所以就觉得格外好吃。

即使是番薯有那么多，母亲也不准我们随便取用，她常谈起日据时代空袭的一段岁月，说番薯也和米饭一样重要。那时我们家还用烧木柴的大灶，下面是排气孔，烧剩的火灰落到气孔中还有温热，我们最喜欢把小的红心番薯放在孔中让火烬焖熟，剥开来真是香气扑鼻。母亲不许我们这样做，只有得到奖赏的孩子才有那种特权。

记得我每次考了第一名，或拿奖状回家时，母亲就特准我在灶下焖两个红心番薯以作为奖励；我从灶里探出焖熟的番薯，心中那种荣耀的感觉，真不亚于在学校的讲台上领奖状，番薯吃起来也就特别有味。我们家是个大家庭，我有十四个堂兄弟，四个堂姊，伯父母都是早年去世，由母亲主理家政，到今天，我们都还记得领到两个红心番薯是一个多么隆重的奖品。

番薯不只用来做饭、做饼、做奖品，还能与东坡肉同卤，还能清蒸，母亲总是每隔几日就变一种花样。夏夜里，我们做完功课，最期待的点心是，母亲把番薯切成一寸见方，和凤梨一起煮成的甜汤；酸甜兼具，颇可以象征我们当日的生活。

芋头的地位似乎不像番薯那么重要，但是母亲的一道芋梗做成的菜肴，几乎无以形容；有一回我在台北天津卫吃到一道红烧茄子，险险落下泪来，因为这道北方的菜肴，它的味道竟和廿几年前南方贫苦的乡下，母亲做的芋梗极其相似。本来挖了芋头，梗和叶都要丢弃的，母亲却不舍，于是芋梗做了盘中飧，芋叶则用来给我们上学做饭包。

芋头孤傲的脾气和它流露的强烈气味是一样的，它充满了敏感，几乎和别的食物无法相容。削芋头的时候要戴手套，因为它会让皮肤麻痒，它的这种坏脾气使它不能取代番薯，永远是个二副，当不了船长。

我们在过年过节时，能吃到丰盛的晚餐，其中不可少的一样是芋头排骨汤。我想全天下，没有比芋头和排骨更好的配合了，唯一能相提并论的是莲藕排骨，但一浓一淡，风味各殊，人在贫苦的时候，毋宁是更喜爱浓烈的味道。母亲在红烧鲢鱼头时，炖烂的芋头和鱼头相得益彰，恐怕也是天下无双。

最不能忘记的是我们在冬夜里吃冰糖芋泥的经验，母亲把煮熟的芋头捣烂，和着冰糖同熬，熬成迹近晶蓝的颜色，放在大灶上。就等着我们做完功课，给检查过以后，可以自己到灶上舀一碗热腾腾的芋泥，围在灶边吃。每当知道母亲做了冰糖芋泥，我们一回家便赶着做功课，期待着灶上的一碗点心。

冰糖芋泥只能慢慢地品尝，就是在最冷的冬夜，它也每一口都是滚烫的。我们一大群兄弟姊妹站立着围在灶边，细细享受母亲精制的芋泥，嬉嬉闹闹，吃完后才满足地回房就寝。

二十几年时光的流转，兄弟姊妹都因成长而星散了，连老家都因盖了新屋而消失无踪，有时候想在大灶边吃一碗冰糖芋泥都已成了奢想。天天吃白米饭，使我想起那段用番薯和芋头堆积起来的成长岁月，想吃去年腌制的萝卜干吗？想吃雨后的油焖笋尖吗？想吃灰烬里的红心番薯吗？想吃冬夜里的冰糖芋泥吗？有时想得不得了，心中徒增一片惆怅，即使真能再制，即使母亲还同样的刻苦，味道总是不如从前了。

我成长的环境是艰困的，因为有母亲的爱，那艰困竟都化成甜美，母亲的爱就表达在那些看起来微不足道的食物里面；一碗冰糖芋泥其实没有什么，但即使看不到芋头，吃在口中，可以简单地分辨出那不是别的东西，而是一种无私的爱，无私的爱在困苦中是最坚强的。它纵然研磨成泥，但每一口都是滚烫的，是甜美的，在我们最初的血管里奔流。

在寒流来袭的台北灯下，我时常想到，如果幼年时代没有吃过母亲的冰糖芋泥，那么我的童年记忆就完全失色了。

我如今能保持乡下孩子恬淡的本性，常能在面对一袋袋知识的番薯和芋头，知所取舍变化，创造出最好的样式，在烦闷发愁时不失去向前的信心，我确信和我童年的生活有着密切的关系。因为母亲的影子在我心里最深刻的角落，永远推动着我。

阳光的味道

尘世的喧嚣，让我们遗忘了阳光的味道，味道是一样的纯净着，一样的微小，一丝丝，入心、入肺。甘甜、芬芳、怡人。阳光的味道很干净和唯美，像川端的小说，透明、简洁、历练。行走在世上，许多靶子等待我们绷紧的箭矢去努力地命中。心里装满太多的世故与烦忧，幸福的位置，也就变得小了，或者卑微到忽略不计。

很向往年关过后的冬日，抱着一本书躺在黄河大堤南的草丛中晒太阳的时光。一大片一大片衰败的堤草向云海深处铺展延伸。有几个牧羊人躺在草丛中，他们丝毫不觉得冷。我便停止了脚步，眷恋着这片草，还有草上特定的阳光。这就是冬天的太阳，静悄悄地释放着能量。

我选了一片草色稠密的空地躺了下来。从黄河边吹过的风夹杂着些许凉意，我抱着膝抬起头让脸感受阳光，紧闭着的眼前一片红色。渐渐我感受到了暖暖的光，不是隐隐的烫，是静静的暖。静静的，温柔的，使我沉浮的心也静了下来。

等待返青的草丛中慢慢流溢着阳光味，香香的，暖暖的，轻轻的，柔柔的，从我的发梢、肩膀、衣服，从我目光所触的护堤杨树上浓厚着、流逸着。我的心域泛起春天般明媚、柔和的气息。温润、甜美。小时候，就是这样静静地追随着这片阳光，嗅着他们身上阳光的味道，温暖着幸福着。

冬天的太阳这么美好，阳光下的一切都那么金灿灿的、暖烘烘的，更懒洋洋的。我终于卸下了尘土般的疲惫，让自己也变得懒洋洋的。和这水涟一起发呆，发笑。

临近中午了，我突然发现阳光变得耀眼，也变烫了。中午的阳光愈发的暖和，泛白的草尖上闪烁着金灿灿的光芒，空气里回旋着温热的气息。阳光的味道最浓烈处就是这村庄的味道，村庄的味道，乡情的味道，给予你身躯和血脉相牵的亲人的味道。

驱走一切发呆以外的多余的动作，竟然这么美妙，这么简单。就是晒晒冬天的太阳，只是这么简单。自然地翻几页书，或慵懒得像只蜷曲的猫儿，原来有时候异于人类的动物更会享受生活。忙碌的我们还是给自己些时间享受纯本的生活吧，也许会领悟到另一种幸福。

尽管冬日的阳光也只有短短的一个季节，也许你应该感恩于它对你的磨练，也许你应该感激它让你发觉了自己原来还有脆弱的一面。阳光的味道，磨练的味道，人生的味道。春天的阳光会融化你冷漠的心灵，夏天的阳光考验你执着的深度，秋天的阳光透射生命的颜色，冬日的阳光告知还要从头再来。

在岁月面前，我无法在成功的喜悦中徜徉，却对失败的痛楚耿耿于怀。我看不见梨花黄昏后的一树辉煌与美丽灿烂，却看见残景雨凄凉；我看不见晨曦清风醉，却看见梦里落叶飞。人生的秋天本是褪色的季节，心里眼里保持着原状原色的东西又能有多少呢？后来，我终于学会了在每一个有阳光灿烂的日子里体味阳光的味道，我终于知道那种味道其实是一种自强、淡泊、宽容的心情。

我喜欢阳光的味道，我喜欢爱与被爱，因为阳光的味道和爱一样透明！

幸福的开关

一直到现在，我每看到在街边喝汽水的孩童，总会多注视一眼。而每次走进超级市场，看到满墙满架的汽水、可乐、果汁饮料，心里则颇有感慨。

看到这些，总令我想起童年时代想要喝汽水而不可得的景况，在台湾初光复不久的那几年，乡间的农民虽不致饥寒交迫，但是想要三餐都吃饱似乎也不太可得，尤其是人口众多的家族，更不要说有什么零嘴饮料了。

我小时候对汽水有一种特别奇妙的向往，原因不在汽水有什么好喝，而是由于喝不到汽水。我们家是有几十口人的大家族，小孩依大排行就有十八个之多，记忆里东西仿佛永远不够吃，更别说是喝汽水了。

喝汽水的时机有三种，一种是喜庆宴会，一种是过年的年夜饭，一种是庙会节庆。即使有汽水，也总是不够喝，到要喝汽水时好像进行一个隆重的仪式，十八个杯子在桌上排成一列，依序各倒半杯，几乎喝一口就光了，然后大家舔舔嘴唇，觉得汽水的滋味真是鲜美。

有一回，我走在街上的时候，看到一个孩子喝饱了汽水，站在屋檐下呕气，呕——长长的一声，我站在旁边简直看呆了，羡慕得要死掉，忍不住忧伤地自问道：什么时候我才能喝汽水喝到饱？什么时候才能喝汽水喝到呕气？因为到读小学的时候，我还没有尝过喝汽水喝到呕气的滋味，心想，能喝汽水喝到把气呕出来，不知道是何等幸福的事。

当时家里还点油灯，灯油就是煤油，闽南语称作“臭油”或“番仔油”。有一次我的母亲把臭油装在空的汽水瓶里，放置在桌脚旁，我趁大人不注意，一个箭步就把汽水瓶拿起来往嘴里灌，当场两眼翻白、口吐白沫，经过医生的急救才活转过来。为了喝汽水而差一点丧命，后来成为家里的笑谈，却并没有阻绝我对汽水的向往。

在小学三年级的时候，有一位堂兄快结婚了，我在他结婚的前一晚竟辗转反侧地失眠了，我躺在床上暗暗地发愿：明天一定要喝汽水喝到饱，至少喝到呕气。

第二天我一直在庭院前窥探，看汽水送来了没有。到上午九点多，看到杂货店的人送来几大箱的汽水，堆叠在一处，我飞也似的跑过去，提了两大瓶的黑松汽水，就往茅房跑去。彼时农村的厕所都盖在远离住屋的几十米之外，有一个大粪坑，几星期才清理一次，我们小孩子平时是很恨进茅房的，卫生问题通常是就地解决，因为里面实在太臭了。但是那一天我早计划好要在里面喝汽水，那是家里唯一隐秘的地方。

我把茅房的门反锁，接着打开两瓶汽水，然后以一种虔诚的心情，把汽水咕嘟咕嘟地往嘴里灌，就像灌蟋蟀一样，一瓶汽水一会儿就喝光了，几乎一刻也不停地，我把第二瓶汽水也灌进腹中。

我的肚子整个胀起来，我安静地坐在茅房地板上，等待着呕气，慢慢地，肚子有了动静，一股沛然莫之能御的气翻涌出来，呕——汽水的气从口鼻冒了出来，冒得我满眼都是泪水，我长长地叹了一口气："这个世界上再也没有比喝汽水喝到呕气更幸福的事了吧！"然后朝圣一般打开茅房的木栓，走出来，发现阳光是那么温暖明亮，好像从天上回到了人间。

每一粒米都充满幸福的香气

在茅房喝汽水的时候，我忘记了茅房的臭味，忘记了人间的烦恼，觉得自己是世上最幸福的人，一直到今天我还记得那年叹息的情景，当我重复地说："这个世界上再也没有比喝汽水喝到呕气更幸福的事了吧！"心里百感交集，眼泪忍不住就要落下来。

贫困的岁月里，人也能感受到某些深刻的幸福，像我常记得添一碗热腾腾的白饭，浇一匙猪油、一匙酱油，坐在"户定"（厅门的石阶）前细细品味猪油拌饭的芳香，那每一粒米都充满了幸福的香气。

有时这种幸福不是来自食物，我记得当时在我们镇上住了一位卖酱菜的老人，他每天下午的时候都会推着酱菜摊子在村落间穿梭。他沿路都摇着一串清脆的铃铛，在很远的地方就可以听见他的铃声，每次他走到我们家的时候，都在夕阳将落下之际，我一听见他的铃声跑出来，就看见他浑身都浴在黄昏柔美的霞光中，那个画面、那串铃声，使我感到一种难言的幸福，好像把人心灵深处的美感全唤醒了。

有时幸福来自于自由自在地在田园中徜徉了一个下午。

有时幸福来自于看到萝卜田里留下来做种的萝卜，开出一片宝蓝色的花。

有时幸福来自于家里的大狗突然生出一窝颜色都不一样的、毛绒绒的小狗。

生命的幸福原来不在于人的环境、人的地位、人所能享受的物质，而在于人的心灵如何与生活对应。因此，幸福不是由外在事物决定的，贫困者有贫困者的幸福，富有者有富有者的幸福，位尊权贵者有其幸福，身份卑微者也有其幸福。在生命里，人人都是有笑有泪；在生活中，人人都有幸福与忧恼，这是人间世界真实的相貌。

从前，我在乡间城市穿梭做报道访问的时候，常能深刻地感受到这一点，坐在夜市喝甩头仔米酒配猪头肉的人民，他感受到的幸福往往不逊于坐在大饭店里喝 XO 的富豪。蹲在寺庙门口喝一斤二十元粗茶的农夫，他得到的快乐也不逊于喝冠军茶的人。围在甘蔗园呼吆喝六，输赢只有几百元的百姓，他得到的刺激绝对不输于在梭哈台上输赢几百万的豪华赌徒。

这个世界原来就是个相对的世界，而不是绝对的世界，因此幸福也是相对的，不是绝对的。

由于世界是相对的，使得到处都充满缺憾，充满了无奈与无言的时刻。但也由于相对的世界，使得我们不论处在任何景况，都还有幸福的可能，能在绝壁之处也见到缝中的阳光。

我们幸福的感受不全然是世界所给予的，而是来自我们对外在或内在的价值判断，我们的幸福与否，正是由自我的价值观来决定的。

以直观来面对世界

如果，我们没有预设的价值观呢？如果，我们可以随环境调整自己的价值判断呢？

就像一个不知道金钱、物质为何物的赤子，他得到一千元的玩具与十元的玩具，都能感受到一样的幸福。这是他没有预设的价值观，能以直观来面对世界，世界也因此以幸福来面对他。

就像我们收到陌生者送的贵重礼物，给我们的幸福感还不如知心朋友寄来的一张卡片。这是我们随环境来调整自己的判断，能透视物质包装内的心灵世界，幸福也因此来面对我们的心灵。

所以，幸福的开关有两个，一个是直观，一个是心灵的品味。

这两者不是来自远方，而是由生活的体会得到的。

什么是直观呢？

有源律师问大珠慧海禅师："和尚修道，还用功否？"

大珠："用功。"

"如何用功？"

"饿来吃饭，困来眠。"

"一切人总如同师用功否？"

"不同！"

"何故不同？"

"他吃饭时不肯吃饭，百种须索；睡时不肯睡，千般计较，所以不同也。”

好好地吃饭，好好地睡觉就是最大的幸福，最深远的修行，这是多么伟大的直观！在禅师的语录里有许多这样的直观，都是在教导启示我们找到幸福的开关，例如：

百丈怀海说：“如今对五欲八风，情无取舍，垢净俱亡，如日月在空，不缘而照；心如木石，亦如香象截流而过，更无滞碍，此人天堂地狱所不能摄也。”

庞蕴居士说：“神通并妙用，运水与搬柴。”“好雪片片，不落别处。”

沩山灵祐说：“一切时中，视听寻常，更无委曲，亦不闭眼塞耳，但情不附物，即得……譬如秋水澄渟，清净无为，澹泞无碍，唤他作道人，亦名无事之人。”

黄檗希运说：“凡人多不肯空心，恐落空。不知自心本空，愚人除事不除心，智者除心不除事。”“终日吃饭，未曾咬着一粒米；终日行，未曾踏着一片地。与么时，无人我等相，终日不离一切事，不被诸境惑，方名自在人。”

在禅师的话语中，我们在处处都看见了一个人如何透过直观，找到自心的安顿、超越的幸福。若要我说世间的修行人所为何事，我可以如是回答：“是在开发人生最究竟的幸福。”这一点禅宗四祖道信早就说过了，他说：“快乐无忧，故名为佛！”读到这么简单的句子使人心弦震荡，久久还绕梁不止，这不是人间最大的幸福吗？

只是在生命的起落之间，要人永远保有“快乐无忧”的心境是何其不易，那是远远越过了凡尘的青山与溪河的胸怀。因此另一个开关就显得更平易了，就是心灵的品味，仔细地体会生活环节的真义。

垂丝千尺，意在深潭

现代诗人周梦蝶，他吃饭很慢很慢，有时吃一顿饭要两个多小时，有一次我问他：“你吃饭为什么那么慢呢？”

他说：“如果我不这样吃，怎么知道这一粒米与下一粒米的滋味有什么不同。”

我从前不知道他何以能写出那样清新空灵、细致无比的诗歌，听到这个回答时，我完全懂了，那是自心灵细腻的品味，有如百千明镜鉴像，光影相照，使我们看见了幸福原是生活中的花草，粗心的人践花而过，细心的人怜香惜玉罢了。

这正是黄龙慧南说的：“高高山上云，自卷自舒，何亲何疏；深深涧底水，遇曲遇直，无彼无此。众生日用如云水，云水如然人不尔。若得尔，三界轮回何处起？”

也是克勤圆悟说的：“三百六十骨节，一一现无边妙身；八万四千毛端，头头彰宝王刹海。不是神通妙用，亦非法尔如然，苟能千眼顿开，直是十方坐断！”

众生在生活里的事物就像云水一样，云水如此，只是人不能自卷自舒、遇曲遇直，都保持幸福之状。保有幸福不是什么神通，只看人能不能千眼顿开，有一个截然的面对。

“垂丝千尺，意在深潭。”我们若想得到心灵真实的归依处，使幸福有如电灯开关，随时打开，就非时时把品味的丝线放到千尺以上不可。

人间的困厄横逆固然可畏，但人在横逆困厄之际，没有自处之道，不能找到幸福的开关才是最可怕的。因为这世界的困境牢笼不光为我一个人打造，人人皆然，为什么有的人幸福，有的人不幸，实在值得深思。

我有一位朋友，是一家大公司的经理，有一天，我约他去吃番薯稀饭，他断然拒绝了。

他说："我从小就是吃番薯稀饭长大的，十八岁那一年我坐火车离开彰化家乡，在北上的火车上我对天发誓：这一辈子我宁可饿死，也不会再吃番薯稀饭了。"

我听了怔在当地。就这样，他二十年没有吃过一口番薯，也许是这样决绝的志气与誓愿，使他步步高升，成为许多人欣羡的成功者。不过，他的回答真是令我惊心，因为在贫困岁月抚养我们成长的番薯是无罪的呀！

当天夜里，我独自去吃番薯稀饭，觉得这被目为卑贱象征的地瓜，仍然滋味无穷，我也是吃番薯稀饭长大的，但不管何时何地吃它，总觉得很好，充满了感恩与幸福。

走出小店，仰望夜空的明星，我听到自己步行在暗巷中清晰而渺远的足音，仿佛是自己走在空谷之中，我知道，我们走过的每一步不一定是完美的，但每一步都有值得深思的意义。

只是，空谷足音，谁愿意驻足聆听呢？

松子茶

朋友从韩国来，送我一大包生松子，我还是第一次看到生的松子，晶莹细白，颇能想起“空山松子落，幽人应未眠”那样的情怀。

松子给人的联想自然有一种高远的境界，但是经过人工采撷、制造过的松子是用来吃的，怎么样来吃这些松子呢？我想起饭馆里面有一道炒松子，便征询朋友的意见，要把那包松子下油锅了。

朋友一听，大惊失色：“松子怎么能用油炒呢？”

“在台湾，我们都是这样吃松子的。”我说。

“罪过，罪过，这包松子看起来虽然不多，你想它是多少棵松树经过冬雪的锻炼才能长出来的呢？用油一炒，不但松子味尽失，而且也损伤了我们吃这种天地精华的原意了。何况，松子虽然淡雅，仍然是油性的，必须用淡雅的吃法才能品出它的真味。”

“那么，松子应该怎么吃呢？”我疑惑地问。

“即使在生产松子的韩国，松子仍然被看作珍贵的食品，松子最好的吃法是泡茶。”

“泡茶？”

“你烹茶的时候，加几粒松子在里面，松子会浮出淡淡的油脂，并生松香，使一壶茶顿时津香润滑，有高山流水之气。”

当夜，我们便就着月光，在屋内喝松子茶，果如朋友所说的，极平凡的茶加了一些松子就不凡起来了。那种感觉就像是在遍地的绿草中突然开起优雅的小花，并且闻到那花的香气。我觉得，以松子烹茶，是最不辜负这些生长在高山上历经冰雪的松子了。

“松子是小得不能再小的东西，但是有时候，极微小的东西也可以做情绪的大主宰，诗人在月夜的空山听到微不可辨的松子落声，会想起远方未眠的朋友，我们对月喝松子茶也可以说是独尝异味，尘俗为之解脱，我们一向在快乐的时候觉得日子太短，在忧烦的时候又觉得日子过得太长，完全是因为我们不能把握像松子一样存在于我们生活四周的小东西。”朋友说。

朋友的话十分有理，使我想起人自命是世界的主宰，但是人并非这个世界唯一的主人。就以经常遍照的日月来说，太阳给了万物的生机和力量，并不单给人们照耀；而在月光温柔的怀抱里，虫鸟鸣唱，不让人在月下独享。即使是一粒小小松子，也是吸取了日月精华而生，我们虽然能将它烹茶，下锅，但不表示我们比松子高贵。

佛眼和尚在禅宗的公案里，留下两句名言：

水自竹边流出冷，
风从花里过来香。

水和竹原是不相干的，可是因为水从竹子边流出来就显得格外清冷；花是香的，但花的香如果没有风从中穿过，就永远不能为人体知。可见，纵是简单的万物也要通过配合才生出不同的意义，何况是人和松子？

我觉得，人一切的心灵活动都是抽象的，这种抽象宜于联想：得到人世一切物质的富人如果不能联想，他还是觉得不足；倘若是一个贫苦的人有了抽象联想，也可以过得幸福。这完全是境界的差别，禅宗五祖曾经问过："风吹幡动，是风动？还是幡动？"六祖慧能的答案可以作为一个例证："不是风动，不是幡动，是仁者心动。"

仁者，人也。在人心所动的一刻，看见的万物都是动的，人若呆滞，风动幡动都会视而不能见。怪不得有人在荒原里行走时会想起生活的悲境大叹："只道那情爱之深无边无际，未料这离别之苦苦比天高。"而心中有山河大地的人却能说出"长亭凉夜月，多为客铺舒"，感怀出"睡时用明霞作被，醒来以月儿点灯"等引人遐思的境界。

一些小小泡在茶里的松子，一粒停泊在温柔海边的细沙，一声在夏夜里传来的微弱虫声，一点斜在遥远天际的星光……它全是无言的，但随着灵思的流转，就有了炫目的光彩。记得沈从文这样说过："凡是美的都没有家，流星，落花，萤火，最会鸣叫的蓝头红嘴绿翅膀的王母鸟，也都没有家的。谁见过人蓄养凤凰呢？谁能束缚着月光呢？一颗流星自有它来去的方向，我有我的去处。"

灵魂是一面随风招展的旗子，人永远不要忽视身边事物，因为它也许正可以飘动你心中的那面旗，即使是小如松子。

木鱼馄饨

深夜到临沂街去访友，偶然在巷子里遇见多年前旧识的卖馄饨的老人，他开朗依旧，风趣依旧，虽然抵不过岁月风霜而有一点佝偻了。

四年多以前，我客居在临沂街，夜里时常工作到很晚，每天凌晨一点半左右，一阵清越的木鱼声，总是响进我临街的窗口。那木鱼的声音非常准时，天天都在凌晨的时间敲响，即使在风雨来时也不间断。

刚开始的时候，木鱼声带给我一种神秘的感觉，往往令我停止工作，出神地望着窗外的长空，心里不断地想着：这深夜的木鱼声，到底是谁敲起的？它又象征了什么意义？难道有人每天凌晨一时在我住处附近念经吗？

在民间，过去曾有敲木鱼为人报晓的僧侣，每日黎明将晓，他们就穿着袈裟草鞋，在街巷里穿梭，手里端着木鱼滴滴笃笃地敲出低沉雄长的声音，一来叫人省睡，珍惜光阴；二来叫人在心神最为清明的五更起来读经念佛，以求精神的净化；三来僧侣借木鱼报晓来布施化缘，得些斋衬钱。我一直觉得这种敲木鱼报佛音的事情，是中国佛教与民间生活相契的一种极好的佐证。

但是，我对于这种失传于闾巷很久的传统，却出现在台北的临沂街感到迷惑。因而每当夜里在小楼上听到木鱼敲响，我都按捺不住去一探究竟的冲动。

冬季里有一天，天空中落着无力的飘闪的小雨，我正读着一册印刷极为精美的《金刚经》，读到最后“一切有为法，如梦幻泡影，如露亦如电，应作如是观”一段，木鱼声恰好从远处的巷口传来，格外使人觉得昊天无极，我披衣坐起，撑着一把伞，决心去找木鱼声音的来处。

那木鱼敲得十分沉重着力，从满天的雨丝里穿扬开来，它敲敲停停，忽远忽近，完全不像是寺庙里读经时急落的木鱼。我追踪着声音的轨迹，匆匆地穿过巷子，远远的，看到一个披着宽大布衣，戴着毡帽的小老头子，他推着一辆老旧的摊车，正摇摇摆摆地从巷子那一头走来。摊车上挂着一盏四十烛光的灯泡，随着道路的颠踬，在微雨的暗道里飘摇。一直迷惑我的木鱼声，就是那位老头所敲出来的。

一走近，才知道那只不过是一个寻常卖馄饨的摊子，我问老人为什么选择了木鱼的敲奏，他的回答竟是十分简单，他说：“喜欢吃我的馄饨的老顾客，一听到我的木鱼声，他们就会跑出来买馄饨了。”我不禁哑然，原来木鱼在他，就像乡下卖豆花的人摇动的铃铛，或者是卖冰水的小贩手中吸引小孩的喇叭，只是一种再也简单不过的信号。

是我自己把木鱼联想得太远了，其实它有时候仅仅是一种劳苦生活的工具。

老人也看出了我的失望，他说："先生，你吃一碗我的馄饨吧，完全是用精肉做成的，不加一点葱菜，连大饭店的厨师都爱吃我的馄饨呢。"我于是丢弃了自己对木鱼的魔障，撑着伞，站立在一座红门前，就着老人摊子上的小灯，吃了一碗馄饨。在风雨中，我品出了老人的馄饨，确是人间的美味，不下于他手中敲的木鱼。

后来，我也慢慢成为老人忠实的顾客，每天工作到凌晨，远远听到他的木鱼，就在巷口里候他，吃完一碗馄饨，才开始继续我一天未完的工作。

和老人熟了以后，才知道他选择木鱼作为馄饨的讯号有他独特的匠心。他说因为他的生意在深夜，实在想不出一种可以让远近都听闻而不至于吵醒熟睡人们的工具，而且深夜里像卖粽子的人大声叫嚷，是他觉得有失尊严而有所不为的，最后他选择了木鱼——让清醒者可以听到他的叫唤，却不至于中断了熟睡者的美梦。

木鱼总是木鱼，不管从什么角度来看它，它仍旧有它的可爱处，即使用在一个馄饨摊子上。

我吃老人的馄饨吃了一年多，直到后来迁居，才失去联系，但每当在静夜里工作，我仍时常怀念着他和他的馄饨。

老人是我们社会角落里一个平凡的人，他在临沂街一带卖了三十年馄饨，已经成为那一带夜生活里人尽皆知的人，他固然对自己亲手烹调后小心翼翼装在铁盒的馄饨很有信心，他用木鱼声传递的馄饨也成为那一带的金字招牌。木鱼在他，在吃馄饨的人来说，都是生活里的一部分。

那一天遇到老人，他还是一袭布衣、还是敲着那个敲了三十年的木鱼，可是老人已经完全忘记我了，我想，岁月在他只是云淡风轻的一串声音吧。我站在巷口，看他缓缓推走小小的摊车消失在巷子的转角，一直到很远了，我还可以听见木鱼声从黑夜的空中穿过，温暖着迟睡者的心灵。

木鱼在馄饨摊子里真是美，充满了生活的美，我离开的时候这样想着，有时读不读经都是无关紧要的事。

仙堂戏院

仙堂戏院成立有三十多年了，它的传统还没有被忘记，就是每场电影散戏的前十五分钟，打开两扇木头大门，让那些原本只能在戏院门口探头探脑的小鬼一拥而入，看一个电影的结局。

有时候回乡，我就情不自禁散步到仙堂戏院那一带去，附近本来有许多酒家茶室，由于经济情况改变均已萧条不堪，唯独仙堂戏院的盛况不减当年。所谓盛况指的不是它的卖座，戏院内的人往往三三两两坐不满两排椅子；指的是戏院外等着捡戏尾仔的小学生，他们或坐或站着聆听戏院深处传来的响声，等待那看门的小姐推开咿哑的老旧木门，然后就像麻雀飞入稻米成熟的田中，那么急切而聒噪。

接着展露在眼前的是电影的结局，大部分的结局是男女主角历经千辛万苦终于好事成双；或者侠客们终于报了滔天的大仇骑白马离开田野；或者离乡多年的游子奋斗有成终于返回家乡……有时候结局是千篇一律的，但不管多么类似，对小学生来说，总像是历经寒苦的书生中了状元，象征了人世的完满。

等戏院的灯亮就不好玩了，看门的小姐会进来清理门户，把那些还留恋不走的学生扫地出门。因为常常有躲在厕所里的，躲在椅子下的，甚至躲在银幕后面的小孩子，希望看前面的开场和过程。这种“阴谋”往往不能得逞，不管躲在哪里，看门小姐都能找到，并且拎起衣领说：“散戏了，你还在这里干什么？下一场再来。”问题是，下一场的结局仍然相同，有时一个结局要看上三、五次。

纵然电视有再大的能耐，电影的魅力是永远不会消失的。从那些每天放学不直接回家，要看过戏尾才觉得真正放学的孩子脸上，就知道电影不会被取代。

在我成长的小镇里，原本有两家戏院，一家在电视来临时就关闭了，仙堂戏院因此成为唯一的一家。说起仙堂戏院的历史，几乎是小镇娱乐的发展史，它在台湾刚光复的时候就成立了，在开始的时候，听长辈说，是公演一些大陆的黑白影片，偶尔也有卓别林穿梭其间，那时的电影还没有配音，但影像有时还不能使一般人了解剧情，因此产生出一种行业叫“讲电影的”。小镇找不到适当人选，后来请到妈祖庙前的讲古先生。

讲古先生心里当然是故事繁多，不及备载，通常还是有着天马行空的想象力。电影上演的时候，他就坐在银幕旁边，拉开嗓门，凭他的口才和想象力，为电影强作解人。他是中西文化无所不能，什么电影到他手中就有了无限天地，常使乡人产生“说的比演的好”，浑然忘记是看电影，以为置身于说书馆。

讲古先生也不是万般皆好，据我的父亲说，他往往过于饶舌而破坏气氛。譬如看到一对男女情侣亲吻时，他会说：“现在这个查埔要亲那个查某，查某眼睛闭了起来，我们知道伊要亲伊了，喔，要吻下去了，喔，快吻到了，喔吻了，这个吻真长，外国郎吻起来总是很长的。吻完了，你看那查某还长长吸一口气，差一点就窒息了……”弄得本来罗曼蒂克的气氛变得哄堂爆笑。由于他对这种场面最爱形容，总受到家乡长辈“不正经”的责骂。

说起来，讲古先生是不幸的。他的黄金时光非常短暂，当有声电影来到小镇，他就失业了；回到妈祖庙讲古也无人捧场，双重失业的结果，乃使他离开小镇，不知所终。

有声电影带来了日本片的新浪潮，像《黄金孔雀城》《里见八，犬传》《蜘蛛巢城》《流浪琴师》《宫本武藏》《盲剑客》《日俄战争》《山本五十六》等等，都是我幼年记忆里深埋的故事。那时我已经是仙堂戏院的常客，天天去捡戏尾不在话下，有时贪看电影，还会在戏院前拉拉陌生人的裤角，央求着：“阿伯仔，拜托带我进场。”那时戏院没有儿童票，小孩只要有大人拉着就免费入场，碰到讨厌的大人就自尊心受损，但我身经百战，锲而不舍，往往要看的电影就没有看不成。

偶尔运气特别坏，碰不到一个好大人，就向看门的小姐撒娇，“阿姨、婶婶”不绝于口，有时也达到目的。如今想起来也不知为什么当时有那么厚的脸皮，如果有人带我看戏，叫我唤一声阿公也是情愿的。

日本片以后，是刀剑电影，我们称之为“剑光片”。看过的电影不甚记得，依稀好像有《六指琴魔》《夺魂旗》《目莲救母》《火烧红莲寺》等等，最记得的是萧芳芳，好像什么电影都有她。侠女扮相是一等一的好，使我对萧芳芳留下美好的印象；即使后来看到她访问亚兰德伦颇失仪态，仍然看在童年的面子上原谅了她。

那时的爱看电影，到了如醉如痴的地步，时常到仙堂戏院门口去偷撕海报。有时月黑风高，也能偷到几张剧照，后来看楚浮的自传性电影，知道他也有偷海报、剧照的癖好，长大后才成为世界一级的大导演，想想当年一起偷海报的好友，如今能偶尔看看电影已经不错，不禁大有沧海桑田之叹。

好景总是不常，有一阵子电影不知为何没落，仙堂戏院开始“绑”给戏班子演歌仔戏和布袋戏。这些戏班一绑就是一个月，遇到好戏，也有连演三个月的，一直演到看腻为止。但我是不挑戏的，不管是歌仔戏、布袋戏，或是新兴的新剧，我仍然日日报到，从不缺席。有时到了紧要开头，譬如岳飞要回京，薛平贵要会王宝钏了，祝英台要死了，孔明要斩马谡了，那是生死关头不能不看，还常常逃课前往。最惨的一次是学校月考也没有参加，结果比岳飞挨斩还凄惨，屁股被打得肿到一星期坐不上椅子，但还是每天站在最后一排，看完了《岳飞传》。

歌仔戏、布袋戏虽好，然而仙堂戏院不再演电影总是美中不足的事，世界为之单调不少。

到我上初中的时候，是仙堂戏院最没落的时期，这时电视有了彩色，而且颇有家家买电视的趋势。乡人要看的歌仔戏、布袋戏，电视里都有；要看的电影还不如连续剧引人；何况电视还是免费的——最后这一点对勤俭的乡下人最重要。还有一点常被忽略的，就是能常进戏院的到底是少数，看完好戏没有谈话共鸣的对象是非常痛苦的。看电视则皆大欢喜，人人共鸣，到处能找人聊天，谈谈杨丽花的英气勃勃，史艳文的文质彬彬，唉，是多么快意的事！仙堂戏院为此失去了它的观众，戏院的售票小姐常闲得捉苍蝇打架，老板只好另谋出路。先是演电影里面来一段插片，让乡人大开眼界，一致哄传，确实乡人少见妖精打架，戏院景气回升不少。但妖精打来打去总是一回事，很快又失去拥护者。

“假的不行，我们来真的!”戏院老板另谋新招，开始演出大腿开开的歌舞团，一时之间人潮汹涌，但看久了也是同一回事，仙堂戏院又养麻雀了，干脆“整修内部，暂停营业”。后来不知哪来的灵感，再开业时广告词是“美女如云，大腿如林的超级大胆歌舞团，再加映香艳刺激、前所未见的美国电影”，企图抢杨丽花的码头。

结局仍是天定——一鼓作气，再而衰，三而竭，仙堂戏院似乎走到绝路了。再多的美女大腿都回天乏术。

到我离开小镇的时候，仙堂戏院一直是过着黯淡的时光，幸而几年以后，观众发现电视的千篇一律其实也和歌舞团差不多，又纷纷回到仙堂戏院的座位上看“奥斯卡金像奖”或“金马奖”的得奖电影——对仙堂戏院来说，也算是天无绝人之路了。到这时，捡戏尾的小学生才有机会重进戏院。有几乎十年的时间，父老乡亲全不准小儿辈去仙堂戏院，而歌舞团和插片也确乎没有戏尾可捡。

三十几年过去了，仙堂戏院外貌改变了，竹做的长板条被沙发椅取代，洋铁皮屋顶成了钢筋水泥，铁铸大门代替咿哑的木门，在显示了它的历史痕迹。

最好的两个传统被留下来，一是容许小孩子去捡戏尾；二是失窃海报、剧照不予追究；这样的三十年过去了，人情味还留着芬芳。

我至今爱看电影、爱看戏，总喜欢戏的结局圆满，可以说是从仙堂戏院开始的。而且我相信一直下去，总有一天，吾乡说不定出现一个楚浮，那时即使丢掉万张海报也都有了代价——这也是我对仙堂戏院一个乐观的结局。

林妈妈水饺

市场里有个小摊，叫作“林妈妈水饺”，做的饺子好吃是附近有名的。

我走过饺子摊的时候都会去买一些饺子回家，二十个一盒的饺子卖三十五元，三盒一百元，有时候就站在那里，欣赏林妈妈与她的先生包饺子，他们的动作十分利落，看起来就像表演艺术一样，一盒饺子一分钟就包好了。

林先生与林妈妈的气质都很好，他们的书卷气看起来一点都不像是在市场包饺子的小贩，他们的人与摊子永远都那样洁净，简直可以用一尘不染来形容。

他们时常带着微笑，一人坐一边，两人包饺子的速度一模一样，包出来的饺子也一模一样，由于饺子好吃，生意好得不得了，常要等一二十分钟才能买到饺子，因此在摊子旁边总是围满等待饺子的人，大家都很安静，仿佛看他们包饺子是享受一般。

但是他们不是天天在固定的地方摆摊，只有星期一、三、六的黄昏才到这里来，有一次我忍不住问：“为什么不天天来呢?”

健谈的林先生立刻接口说："因为我们在四个不同的地方摆摊子哩！饺子可以买回家冷冻，很少人会天天买饺子，通常两天买一次就很多了。"

买饺子的时候，我站在旁边等待，有时就和林先生、林妈妈聊起来，才知道他们原来不是路边的摊贩，林先生做了很多年的杂货批发生意，从大盘商那里批货，送到各地的杂货店去，由于守信尽责，生意做得很不错，但在五六年前做不下去了。

"生意为什么做不下去呢？"

林先生感慨地说："到处都开起超级市场，他们都是直接进货，根本不需要中盘的批发。再加上连锁经营的超级商店愈来愈多，统一、味全、义美、新东阳到处都是，连一般的小杂货店都收了，何况是批发，不知道要批给谁呀！"

他不得已把批发的事业收了，接下来失业好几个月，正好遇到一位朋友是在路边摆摊卖饺子，劝他何不摆个水饺摊。夫妻两个从头学习包水饺，他说："包水饺不是简单的事，我研究了很久才出来摆摊子，像配料、作料、馅料都要加得恰到好处，这样才能维持品质，我们摆摊子的人靠的是口碑和信用，慢慢地就做起来了。"

像现在，"林妈妈水饺"的口碑和信用都做起来了，他在四个地方摆摊子，每个地方都要排队等待才能买到。

"生意这么好，一天可以包多少个饺子呢？"

"每天包的饺子在一万到一万五千粒之间。"林先生说。

旁边站着的人一阵哗然，他们的饺子一粒一块六毛五，有人算了一下，一天可以卖出一万六千元到二万四千元之间，一个月的盈收超过四十万。

“真是不得了，比上班好太多了！”旁边的一位主妇忍不住叫起来。

“对呀！早知道包饺子生意这么好，我早就不做食品批发，来卖饺子了。”林先生风趣地说，但是他立刻更正说，“不过，卖饺子也真的很辛苦，在家里的时间都在忙配料，出来摆摊的时候，一坐就是一整天，每一粒饺子都是辛苦捏出来的，不像上班，偶尔还可以休息、偷懒一下。”

林先生真实的说法，令我也感到吃惊，没想到占地不到半坪的一张桌子，一天可以制造一万粒以上的饺子，也没有想到摆摊子一个月有数十万的收入。不禁想起老辈时常说的：“要做牛，免惊无牛可拖”，一个人只要勤劳、肯用心，天确实没有绝人之路，不仅不会绝人，还会让人在绝境中开展出新的天地。

台湾的经济奇迹，是由一些平凡的老百姓勤劳与用心而建造起来的。隐没在我们生活四周的许多“排骨大王”、“豆浆大王”、“臭豆腐大王”等等各种大王，也像是林妈妈水饺一样，是一个一个在平凡中捏塑出来的，说不定哪一天，“林妈妈水饺”就会变成“林妈妈水饺大王”了。

我们不必欣羡小小的饺子摊可以带来那么高的收入，因为只要一个人守本分，肯勤劳用心于生活，都可能创造类似的奇迹，就像林先生说的：“我觉得咱生在台湾的人真好，只要肯做，就赚得到钱，这世界上有太多地方，即使你肯做，也不一定赚得到钱！”

买好水饺，我沿着市场泥泞的小巷走回家，看到更多我认识的乡亲，有的是从阳明山载菜来卖的，有的是从宜兰开车来卖海梨柑，有的是坪林挑菜来卖的小农，有的声嘶力竭地卖着自己种的柳丁，他们都那样认命无怨地在生活。在黄昏的市集散去之后，他们都会回到温暖的家，准备着明天生活的再出发，看着他们脸上坚强的表情，与生活的风霜拼斗，不禁令我感动起来。

我们在人世里扮演不同的角色，那是由于各有不同的机缘，因此我们应该安于自己的角色，长存感谢的心，像我认识的市场小贩，有大部分都是慈济功德会的会员，他们以行善布施来表达他们内心的感恩。

夜里，煮着林妈妈饺子，感觉到有一种特别的温暖，是呀！在流转的人间，我们要互相爱护，互相尊重、互相崇敬，因为每一个人都不可轻侮，各有尊严的生命。

抹茶的美学

日本朋友坚持要带我去喝日本茶，我说："我想，中国茶大概比日本茶高明一些，我看不用去了。"

他对我笑一笑，说："那是不同的，我在台北喝过你们的工夫茶，味道和过程都是上品，但它在形式上和日本的不同，而且喝茶在台北是独立的东西，在日本不是，茶的美学渗透到日本所有的视觉文化，包括建筑和自然的欣赏。不喝茶，你永远不能知道日本。"

我随着日本朋友在东京的大街小巷中穿梭，去找喝茶的地方。一路上我都在想，在日本留了一些时日，喝到的日本茶无非是清茶或麦茶，能高明到哪里去呢？正沉思间，我们似乎走到了一个茅屋的"山门"，是用木头与草搭成的，非常简单朴素，朋友说我们喝茶的地方到了。这喝茶的处所，日语叫Sukiya，翻成中文叫"茶室"，对西方人来讲就复杂一些，英文把它翻成Abode of Fancy（幻想之居）、Abode of Vacancy（空之居），或者Abode of Unsymmetrical（不称之居）。光看这几个字，我赫然觉得这茶室不是简单的地方。

果然，进到山门之后，视觉一宽，看到一个不大不小的庭园，地面零落地铺着石块，大小不一，石与石间生长着短捷而青翠的小草，几株及人高的绿树也不规则地错落有致。走进这样的园子，仿佛走进了一个清净细致的世界，远远处，好像还有极细极清的水声在响。

日本的园林虽小，可是在那样小的空间所创造的清净之力是非常惊人的，几乎使任何高声谈笑的人都要突然失声，不敢喧哗。

我们也不禁沉默起来，好像怕吵醒铺在地上的青石一样。

茶室的人迎接我们，进入一个小小的玄关式的回廊等候，这时距离茶室还有一条花径，石块四边开着细碎微不可辨的花。朋友告诉我，他们进去准备茶和茶具，我们可以先在这里放松心情。

他说："你别小看了这茶室。通常盖一间好的茶室所花费的金钱和心血胜过一个大楼。"

"为什么呢？"

"因为，盖茶室的木匠往往是最好的木匠，他对材料的挑选和手工的精细都必须达到完美的地步，而且他必须是个艺术家，对整体的美有好的认识。以茶室来说，所有的色彩和设计都不应该重复，如果有一盆真花，就不能有描绘花的画；如果用黑釉的杯子，就不能放在黑色的漆盘上；甚至做每根柱子都不能使它单调，要利用视觉的诱引，使人沉静而不失乐趣；即使一个花瓶摆放也是学问，通常不应该摆在中央，使对等空间失去变化……"

正说的时候，有人来请去喝茶，我们步过花径，到了真正的茶室，房门约五尺，屋檐处有一架子，所有正常高度的成人都要低头弯腰而入室，以对茶道表示恭敬。那屋外的架子是给客人放下所携的东西，如皮包、雨伞、相机之类，据说往昔是给我士解剑放置之处。在传统上，茶室是和平之地，是放松歇息的地方，什么东西都应放下，西方人叫它“空之居”“幻想之居”是颇有道理。

茶室里除了地上的炉子，炉上的铁壶，一支夹炭的火钳，一幅简单的东洋画，一瓶弯折奇逸的插花外，空无一物。而屋子里的干净，好像主人在三分钟前连扫了十遍一样，简直找不到一粒灰——初到东京的人难以明白为什么这样的大城能维持干净，如果看到这间茶室就马上明白了，爱干净几乎是成为一个日本人最基本的条件。而日本传统似乎也偏向视觉美的讲求，像插花、能剧、园林，甚至从文学到日本料理，几乎全讲究精确的视觉美，所以也只好干净了。

茶娘把开水倒入一个灰白色的粗糙大碗里，用一根棒子搅拌，碗里浮起了春天里松针一样翠的绿色来，上面则浮着细细的泡沫，等到温度宜于入口时她才端给我们。朋友说，这就是“抹茶”了，喝时要两手捧碗，端坐庄严，心情要如在庙里烧香，是严肃的，也是放松的。和中国茶不同的是，它一次要喝一大口，然后向泡茶的人赞美。

我饮了一口，细细地用味蕾品着抹茶，发现这神奇的翠绿汁液苦而清凉，有若薄荷，似有令人清冽的力量，和中国茶之芳香有劲大为不同。

“饮抹茶，一屋不能超过四个人，否则就不清净。”朋友说，“过去，茶道定下的规矩有上百种，如何倒茶，如何插花，如何拿勺子，如何拿茶箱和茶碗都有规定，不是专业的人是搞不清楚的，因此在京都有‘抹茶大学’，专门训练茶道人才，训练出来的人几乎都是艺术家了。”我听了有些吃惊，光是泡这种茶就有大学训练，要算是天下奇闻了。

日本人都知道，“抹茶”是中国的东西，在唐朝时传进日本。在唐朝以前，我们的祖先喝茶就是这种搅拌式的“抹茶”，而且用的是大碗，直到元朝时蒙古人入侵后才放弃这种方式，反倒在日本被保存了下来。如今日本茶道的方法基本上来自中国，只是因时日既久融为日本传统，完全转变为日本文化的习性。

现在我们的茶艺以喝工夫茶为主，回过头来看日本茶道，更觉得趣味盎然。但不论中日茶道讲的都是平静和自然的趣味，日本茶道的规模是十六世纪时茶道宗师利休所创，曾有人问他茶道有否神秘之处。他说：

“把炭放进炉子，等水开到适当程度，加上茶叶，使其产生适当的味道。按照花的生长情形，把花插到瓶子里，在夏天时使人想到凉爽，在冬天使人想到温暖。除此之外，茶一无所有，没有别的秘密。”

这不正是我们中国人的“平常心是道”吗？只是利休可能想不到，后来日本竟发展出一百种以上的规矩来。

在日本的茶道里，大部分的传说都是和古老中国有关的。最先的传说是说在公元前五世纪时，老子的一位信徒发现了茶，在函谷关口第一次奉茶给老子，把茶想成是“长生不老药”。

普遍为日本人熟知的传说，是禅宗初祖达摩从天竺东来后，为了寻找无上正觉，在少林寺面壁九年，由于疲劳过度，眼睛张不开，索性把眼皮撕下来丢在地上，不久，在达摩丢弃眼皮的地方长出了一棵叶子又绿又亮的矮树。达摩的弟子便拿这矮树的叶子来冲水，产生一种神秘的魔药，使他们坐禅的时候可以常保觉醒状态，这就是茶的最初。

这真是个动人的传说，虽然无稽却有趣味，中国佛教禅宗何等大能，哪里需要借助茶的提神才能寻找无上的正觉呢？但是它也使得日本的茶道和禅有极为深厚的关系。过去，日本伟大的茶师都是修习禅宗的，并且以禅宗的精神用到实际生活，形成茶道——就是自然的、山林的、野趣的、宁静的、纯净的、平常的精神。

另外一个例子可以反映这种精神。像日本茶室，通常是四席半大，这个大小是受到《维摩经》的一段话影响而决定的。《维摩经》记载，维摩诘居士曾在同样大的地方接待文殊师利菩萨和八万四千个佛弟子。它说明了对于真正悟道的人，空间的限制是不存在的。

我的日本朋友说："日本茶道走到最后有两个要素，一个是微锈、一个是朴拙，都深深影响了日本的美学观，日本的金器、银器、陶瓷、漆器，甚至大到庭园、建筑，都追求这样的趣味。说到日本传统的事物，好像从来没有追求明亮光灿的东西，唯一的例外，大概是武士的刀锋吧！"

日本美学追求到最后，是精密而分化，像京都最有名的苔寺"西芳寺"，在五千三百七十坪面积上，竟种满了一百二十种青苔，其变化之繁复，差别之细腻，真是达到了人类视觉感官的极致——细想起来，那一百二十种青苔的变化，不正是抹茶上翡翠色泡沫的放大照片吗？

我们坐在"茶室"里享受着深深的安静，想到文化的变迁与流转，说不定我们捧碗而饮的正是唐朝。不管它是日本的，或中国的，它确乎能使人有优美的感动，甚至能听到花径青石上响过来的足声，好像来自遥远的海边，而来的那人羽扇纶巾、青衫蓝带，正是盛唐时代衣袂飘飘的文士——呀！我竟为自己这样美的想象而惊醒过来，而我的朋友却双眼深闭，仿佛入定。

静到什么地步呢？静到阳光穿纸而入都像听到沙沙之声。

我们离开的时候才发觉，整整坐了四个小时，四个小时只是一瞬，只是达摩祖师眼皮上长出的千千亿亿叶子中的一片罢了。

茶香一叶

在坪林乡，春茶刚刚收成结束，茶农忙碌的脸上才展开了笑容，陪我们坐在庭前喝茶，他把那还带着新焙炉火气味的茶叶放到壶里，冲出来一股新鲜的春气，溢满了一整座才刷新不久的客厅。

茶农说："你早一个月来的话，整个坪林乡人谈的都是茶，想的也都是茶，到一个人家里总会问采收得怎样？今年烘焙得如何？茶炒出来的样色好不好？茶价好还是坏？甚至谈天气也是因为与采茶有关才谈它，直到春茶全采完了，才能谈一点茶以外的事。"听他这样说，我们都忍不住笑了，好像他好不容易从茶的影子走了出来，终于能做一些与茶无关的事情，好险！

慢慢的，他谈得兴起，把一斤三千元的茶也拿出来泡了，边倒茶边说："你别小看这一斤三千元的茶，是比赛得奖的，同样的品质，在台北的茶店可能就是八千元的价格。在我们坪林，一两五十元的茶算是好茶了，可是在台北一两五十元的茶里还掺有许多茶梗子。"

"一般农民看我们种茶的茶价那么高，喝起茶来又是慢条斯理，觉得茶农的生活满悠闲的，其实不然，我们忙起来的时候比任何农民都要忙。”

“忙到什么情况呢?”我问他。

他说，茶叶在春天的生长是很快的，今天要采的茶叶不能留到明天，因为今天还是嫩叶，明天就是粗叶子，价钱相差几十倍，所以赶清晨出去一定是采到黄昏才回家，回到家以后，茶叶又不能放，一放那新鲜的气息就没有了，因而必须连夜烘焙，往往工作到天亮，天亮的时候又赶着去采昨夜萌发出来的新芽。

而且这种忙碌的工作是全家总动员，不分男女老少。在茶乡里，往往一个孩子七、八岁时就懂得采茶和炒茶了，一到春茶盛产的时节，茶乡里所有孩子全在家帮忙采茶炒茶，学校几乎停顿，他们把这一连串为茶忙碌的日子叫“茶假”——一旦孩子放茶假的时候，比起日常在学校还要忙碌得多。

主人为我们倒了他亲手种植和烘焙的茶，一时之间，茶香四溢。文山包种茶比起乌龙还带着一点溪水清澈的气息，乌龙这些年被宠得有点像贵族了，文山包种则还带着乡下平民那种天真纯朴的亲切与风味。

主人为我们说了一则今年采茶时发生的故事。他由于白天忙着采茶、分茶，夜里还要炒茶，忙到几天几夜都不睡觉，连吃饭都没有时间，添一碗饭在炒茶的炉子前随便扒扒就解决了一餐，不眠不休地工作只希望今年能采个好价钱。

“有一天采茶回来，马上炒茶，晚餐的时候自己添碗饭吃着，扒了一口，就睡着了，饭碗落在地上打破都不知道，人就躺在饭粒上面，隔一段时间梦见茶炒焦了，惊醒过来，才发现嘴里还含着一口饭，一嚼发现味道不对，原来饭在口里发酵了，带着米酒的香气。”

主人说着说着就笑起来了，我却听到了笑声背后的一些心酸。人忙碌到这种情况，真是难以想象，抬头看窗外那一畦畦夹在树林山坡间的茶园，即使现在茶采完了，还时而看见茶农在园中工作的身影，在我们面前摆在壶中的茶叶原来不是轻易得来。

主人又换了一泡新茶，他说："刚喝的是生茶，现在我泡的是三分仔（即炒到三分的熟茶），你试试看。"然后他从壶中倒出了黄金一样色泽的茶汁来，比生茶更有一种古朴的气息。他说："做茶的有一句话，说是'南有冻顶乌龙，北有文山包种'，其实，冻顶乌龙和文山包种各有各的胜场，乌龙较浓，包种较清，乌龙较香，包种较甜，都是台湾之宝，可惜大家只熟悉冻顶乌龙，对文山的包种茶反而陌生，这是很不公平的事。"

对于不公平的事，主人似有许多感慨，他的家在坪林乡山上的渔光村，从坪林要步行两个小时才到，遗世而独立地生活着，除了种茶，闲来也种一些香菇，他住的地方在海拔八百公尺高的地方，为什么选择住这样高的山上？"那是因为茶和香菇在越高的地方长得越好。"

即使在这么高的地方，近年来也常有人造访，主人带着乡下传统的习惯，凡是有客人来总是亲切招待，请喝茶请吃饭，临走还送一点自种的茶叶。他说："可是有一次来了两个人，我们想招待吃饭，忙着到厨房做菜，过一下子出来，发现客厅的东西被偷走了一大堆，真是令人伤心哪！人在这时比狗还不如，你喂狗吃饭，它至少不会咬你。"

主人家居不远的地方，有北势溪环绕，山下有一个秀丽的大舌湖，假日时候常有青年到这里露营，青年人所到之处，总是垃圾满地，鱼虾死灭，草树被践踏，然后他们拍拍屁股走了，把苦果留给当地居民去尝。他说："二十年前，我也做过青年，可是我们那时的青年好像不是这样的，现在的青年几乎都是不知爱惜大地的，看他们毒鱼的那种手段，真是令人毛骨悚然，这里面有许多还是大学生。只要有青年来露营，山上人家养的鸡就常常失踪，有一次，全村的人生气了，茶也不采了，活也不做了，等着抓偷鸡的人，最后抓到了，是一个大学生，村人叫他赔一只鸡一万块，他还理直气壮地问：天下哪有这么贵的鸡？我告诉他说：一只鸡是不贵，可是为了抓你，每个人本来可以采一千五百元茶叶的，都放弃了，为了抓你，我们已经损失好几万了。"

这一段话，说得在座的几个茶农都大笑起来。另一个老的茶农接着说："像文山区是台北市的水源地，有许多台北人就怪我们把水源弄脏了，其实不是，我们更需要干净的水源，保护都来不及，怎么舍得弄脏？把水源弄脏的是台北人自己，每星期有五十万个台北人到坪林来，人回去了，却把五十万人份的垃圾留在坪林。"

在山上茶农的眼中，台北人是骄横的、自私的、不友善的、任意破坏山林与溪河的一种动物，有一位茶农说得最幽默："你看台北人自己把台北搞成什么样子，我每次去，差一点窒息回来！一想到我们辛辛苦苦种出来的最好的茶要给这样的人喝，心里就不舒服。"

谈话的时候，他们几乎忘记了我是台北来客，纷纷对这个城市抱怨起来。在我们自己看来，台北城市的道德、伦理、精神只是出了问题；但在乡人的眼中，这个城市的道德、伦理、精神是几年前早就崩溃了。

主人看看天色，估计我们下山的时间，泡了今春他自己烘焙出来最满意的茶，那茶还有今年春天清凉的山上气息，掀开壶盖，看到原来卷缩的茶叶都伸展开来，感到一种莫名的欢喜，心里想着，这是一座茶乡里一个平凡茶农的家，我们为了品早春的新茶，老远跑来，却得到了许多新的教育，原来就是一片茶叶，它的来历也是不凡的，就如同它的香气一样是不可估量的。

从山上回来，我每次冲泡带回来的茶叶，眼前仿佛浮起茶农扒一口饭睡着的样子，想着他口中发酵的一口饭，说给朋友听，他们一口咬定："吹牛的，不相信他们可能忙到那样，饭含在口里怎么可能发酵呢?"我说："如果饭没有在口里发酵，哪里编得出来这样的故事呢?"朋友哑口无言。

然后我就在喝茶时反省的自问：为什么我信任只见过一面的茶农，反而超过我相交多年的朋友呢?

疑问就在鼻息里化成一股清气，在身边围绕着。

不紧急却重要的事

与朋友约好清晨一起去爬山，下山后到家里喝茶。

清晨出发前，突然接到他的电话："因为公司里有紧急的事，无法一起去爬山了。"

我只好像往常一样，单独去爬山，在山顶最高处的石头上坐定，看到台北东区的滚滚红尘，即使是清晨，在街头奔驰的汽车已经像接龙一样拥挤，从山上看起来，就像蝼蚁出洞。

这一群群的人、一排排的汽车，想必都是为了紧急的事在奔赴吧！相较起来，像登山、喝茶这些事，真的是太不紧急了。

我们为了太多紧急的事，只好牺牲看来不甚紧急的事，例如为了加班，牺牲应有的睡眠；为了业绩，牺牲吃饭时间；为了应酬，不能陪妻子散步；为了谋取职位，不能与朋友喝茶。

确实，紧急的事不能不做，奈何人生里紧急的事无穷无尽，我们的一生大半在紧急的应付中度过，到最后整个生活步调都变得很紧急了。

生命中有许多非常重要却一点也不紧急的事。

像每天放松地静心，从容地冥想。

像愉快地吃一顿饭，品尝茶的芳香。

像在山林海边散步，欣赏山色与云的变化。

像听雨听泉听音乐，读人读爱读闲书。

像陪父母谈昔日温馨的往事，听孩子说童稚的笑话。

…… ……

重要的事很多是说之不尽，却被紧急的事挤掉了空间，生命的空间有限，当全被紧急占满时，就像一个停满了汽车却没有绿地的城市。

绿地是重要的，汽车是紧急的。

大树是重要的，大楼是紧急的。

白云是重要的，飞机是紧急的。

知足是重要的，欲望是紧急的。

宽心是重要的，医院是紧急的。

…… ……

一个人如果在一天里花八个小时在追逐衣食与俗事上，是不是也能花八十分钟来思考重要的事呢？如若不行，就从八分钟开始。

八分钟的觉悟、八分钟的静心、八分钟的专注、八分钟的放松、八分钟的忘我、八分钟的天人合一、八分钟的守真抱朴。

生命必会从这八分钟改变，每天的生活也就从容而有情趣了。

篇二：那年有你

假使有人，为于爹娘，手持利刀，割其眼睛，献于如来，经百千劫，犹不能报父母深恩。

假使有人，为于爹娘，亦以利刀，割其心肝，血流遍地，不辞痛苦，经百千劫，犹不能报父母深恩。

假使有人，为于爹娘，百千刀戟，一时刺身，于自身中，左右出入，经百千劫，犹不能报父母深恩……

花籽

三年前我退役，背着袋子要北上的时候，爸爸取出一罐小瓶子，里面是他亲手培养出来的花籽，他小心翼翼地交给我说："你到台北后，如果有一个花园，就把它种了。"我便带着这个小瓶子和一袋故乡的泥土上台北。

我很想马上把它种了。

可是上台北后，一直过着租赁的日子，住在小小的公寓中，难得找到一撮土地，更不要说一个花园了。那罐父亲的花籽便无依地躺在我的袋中，随着我东飘西荡。每次搬家看见那些花籽，就想起每日清晨在花园中工作的父亲，什么时候才能找到一个花园呢？我总是想着。

最近，我找到一个有花园的房子，又因为工作忙碌，就把它摆在鞋柜子里，有一天，我拉开鞋柜看到那一罐花籽和那一袋泥土，就把它撒在家前的花园里。

那时候已经是严冬了，花籽又摆了三年，到底会不会活呢？我写信告诉爸爸，爸爸写了一封信来说："只要有土地，花籽就可以活。"

他又附寄来一包肥料。

我每天照料着那一片撒了花籽的土地，浇水、施肥，在凛冽的寒风中，我总是担心着，也许它就会埋在土地里断丧了生机吧！

在冬天来临的第二个月有一天我开窗的时候，突然发现一群花籽吐了新芽，那些芽在浓郁的花园里，嫩绿到教我吃惊，是什么力量，让那一罐从南台湾带来的花籽，在北地的寒风中也能吐露亮丽的新芽呢？

花籽吐芽的那几日，我常兴奋地无法睡去，总惦念着那些脆弱的花芽，而那是什么样的花呢？我问爸爸，他说：“等它开了花，你就知道了。”

那个小小花圃中的芽长得出乎意料的快，我几乎可以体知它成长的速度，每天清晨，我都发现它长大了，然后我便像每天面对一个谜题，猜想着那是什么花，猜想着父亲送我这些花是什么用意。我急于知道那个谜题，就更加体贴那些花。

慢慢地，花长大了，我才知道那是一些茼蒿菜，茼蒿菜是一种贱菜，在乡下，它最容易生长，价钱最便宜，而父亲竟把它像礼物一样送给我，那样的珍贵，也许父亲是要我不要忘记自己的土地吧！

我舍不得吃那一亩茼蒿，每天还是依时浇水看顾，茼蒿长大了，我从来没有看过那么好看的茼蒿，在市场上，茼蒿总是零乱的、萎缩的；在土地上茼蒿则是那么美丽而充满生机。

差不多一个月的时间，茼蒿就在严冷的冬天里开了花，那花，是鲜新的黄色，在绿色的枝梗上显得格外温暖，我想到，这么平凡的茼蒿花竟是从远地移种，几番波折，几番流转，但是它的生命深深地蕴藏着，一旦有了土地，它不但从瓶中醒转，还能在冷风中绽放美丽的花朵。

茼蒿花谢了，在花间又结出许多细小的黑色的花籽，它看起来那么小，却又是那么坚韧。我把它收藏在父亲当年赠我花籽的瓶中，并挖了一舀泥土——是家乡的泥土和客居的泥土混成的泥土。

或者有一天，我仍要带这花籽和这泥土到别地去流浪，或者有一天，这带自故乡根种的花籽，然后在异乡土地结成的花籽，会长在另外的土地上。

人也是一个平凡茼蒿的花籽，不管气候如何，不管哪里是落脚的地方，只要有生机沉埋心中，即使在陌生的土地上，它也会吐芽、开花，并且结出新的花籽。

我仍然把花籽放在鞋柜里，每日穿鞋时我就能看见它。

我就会想起我的父亲，和他耕作的故乡的土地。

阿火叔与财旺伯仔

十年没有上父亲的林场了，趁年假和妈妈、兄弟，带着孩子们上山。

车过六龟乡的新威农场，发现沿途的景观与从前不大相同了，道路宽敞，车子呼啸而过。想到从前有一次和哥哥坐在新威学校门口，看一小时才一班的客运车，喘着气登山而去，我对哥哥说："长大以后，如果能当客运车司机就好了。"然后我们挽起裤管入山，沿山溪行走，要走一个小时才会到父亲开山时住的山寮。那时用竹草搭成的寮仔里，住着父亲，和他的三位至交：阿火叔、成叔、财旺伯仔。

父亲当时还是多么年轻强壮，从南洋战后回来，和少年时的伙伴一起来开山。三十几年前的新威山上还是一片非常原始的林地，没有道路，渺无人居，水电那是更不用说。听父亲说起，刚开山的时候，路上蛇虫爬行，时常与石虎、山猪、猴子、山羌、穿山甲惊慌相对。在寒冷的冬夜睡醒，发现山寮里的地方全是盘旋避寒的蛇，有时要把蛇拨开，才能找到落脚的地方走出去。

彼时阵，我刚刚出世。父亲为了开山，有时整个月没有时间低下头来看我一眼，听母亲这样说。

母亲说："你爸爸为了开山，每天清晨从家里骑脚踏车到新威，光骑车就要两小时。然后步行到深林里去，有时候则整季住在山里。"

每到立秋，雨季来的时候，母亲在夜里常为远方的暴雨与雷声惊醒，不知道在山洪中与命运搏斗的父亲，是否能平安归来。

一直经过二十几年，父亲的四百多甲山林才大致开垦出来。产业道路可以通卡车了，电灯来了，电话线通了，桃花心木、南洋杉、刺竹林都可以收成了，父亲竟带着未完成的梦想离开了我们。

在新威的路上，妈妈告诉我，阿火叔在前年因肺气肿也过去了，成叔离开山林后不知去向，现在山里只剩财旺伯仔住着。听到这些事，使我因无常而感到哀伤，想到在三十几年前，几个刚步入壮年的朋友，一起挥别家人来开山的情景。

当我站在山里，对孩子说："我们刚刚走过的路都是阿公开出来的。现在你所看得到的山都是我们的，是阿公种好的。"孩子茫然地说："真的吗？真的吗？"对一个城市长大的孩子，真的很难以想象四百甲山林是多么巨大，无有边际。

小时候，我很喜欢到山里陪爸爸住，因为只有这样才有更多时间与父亲相处。在山中的父亲也显得特别温柔，他会带我们去溪涧游泳，去看他刚种的树苗，去认识山林里的动物和植物，甚至教我们使用平常不准触摸的番刀与猎枪。

我特别怀念的是与父亲、成叔、阿火叔、财旺伯仔一起穿着长长的雨鞋，到尚未开发的林地去巡山，检查土质山势风向，决定怎么样开发。父亲对森林那种专注的热情，常使我深深感动和向往，仿佛触及支持父亲梦想的那内在柔软的草原。我也怀念立秋雨季来的时候，我们坐在山寮的屋檐下看丰沛的雨水灌溉山林；夜里，把耳朵贴在木板床，听着滚滚隆隆的山洪从森林深处流过山脚；油灯旁边，父亲煮着决明子茶，芬芳的水汽在屋子里徘徊了一圈，才不舍地逸入窗外的雨景。

我对父亲有深刻的崇仰与敬爱，和他在森林开垦的壮志是不可分的。

那样美好的山林生活，一晃已经三十年了。当我看见财旺伯仔的时候，感觉那就像梦一样。财旺伯仔看见我们，兴奋地跑过来和我们拥抱。他的子孙也都离开山林，只有他和财旺伯母数十年地守着山寮，仍然每天挑着水桶走三公里到溪底挑水，白天去巡山，夜里倾听大溪的流声。

提到父亲、阿火叔的死，成叔的离山，他只是长长地叹一口气。他说："我现在也不喝酒了，没有酒伴唉！"

他带我们爬到山的高处，俯望着广大的山林，说："你爸爸生前就希望你们兄弟有人能到山里来住，这个希望不知道能不能实现呢！"然后，他指着刺竹林山坡说："阿玄仔，你看那里盖个寮仔也不错，只要十几万就可以盖得很美呀！"

在我成长的岁月里，有无数次曾立志回来经营父亲的森林，但是年纪愈长，那梦想的芽苗则隐藏得愈深了。随着岁月，我愈来愈能了解父亲少年时代的梦。其实，每个人都有过山林的梦想，只是很少很少人能去实践它。

我的梦想已经退居到对财旺伯仔说："如果能再回山来住几天就好了。"

离开财旺伯仔的山寮已是黄昏。他和伯母站在大溪旁送我们，直到车子开远，还听见他的声音：“立秋前再来一趟呀！”

天色黯了，我回头望着安静的森林，感觉到林地的每一寸中，都有父亲那坚强高大的背影。

萝筐

午后三点，天的远方擂过来一阵轰隆隆的雷声。

有经验的农人都知道，这是一片欲雨的天空，再过一刻钟，西北雨就会以倾盆之势笼罩住这四面都是山的小镇，有经验的燕子也知道，它们纷纷从电线上翦着尾羽，飞进了筑在人家屋檐下的土巢。

但是站在空旷土地上的我们——我的父亲、哥哥、亲戚，以及许多流过血汗、炙过阳光、淋过风雨的乡人，听着远远的雷声呆立着，并没有人要进去躲西北雨的样子。我们的心比天空还沉闷，大家都沉默着，因为我们的心也是将雨的天空，而且这场心雨显见得比西北雨还要悲壮、还要连天而下。

我们无言围立着的地方是溪底仔的一座香蕉场，两部庞大的“怪手”正在慌忙地运作着，张开它们的铁爪一把把抓起我们辛勤种植出来的香蕉，扔到停在旁边的货车上。

这些平时扒着溪里的沙石，来为我们建立一个更好家园的怪手，此时被农会雇来把我们种出来的香蕉践踏，这些完全没有人要的香蕉将被投进溪里丢弃，或者堆置在田里当肥料。因为香蕉是易腐的水果，农会怕腐败的香蕉污染了这座干净的蕉场。

在香蕉场堆得满满的香蕉即使天色已经晦暗，还散放着翡翠一样的光泽，往昔丰收的季节里，这种光泽曾是带给我们欢乐的颜色，比雨后的彩虹还要灿亮；如今变成刺眼得让人心酸。

怪手规律的呱呱响声，和愈来愈近的雷声相应和着。

我看到在香蕉集货场的另一边，堆着一些破旧的棉被，和农民弃置在棉被旁的箩筐。棉被原来是用来垫娇贵的香蕉以免受损，箩筐是农民用来收成的，本来塞满收成的笑声。棉被和箩筐都溅满了深褐色的汁液，一层叠着一层，经过了岁月，那些蕉汁像一再凝结而干涸的血迹，是经过耕耘、种植、灌溉、收成而留下来的辛苦见证，现在全一无用处地躺着，静静等待着世纪末的景象。

蕉场前面的不远处，有几个小孩子用竹子撑开一个旧箩筐，箩筐里撒了一把米，孩子们躲在一角拉着绳子，等待着大雨前急着觅食的麻雀。

一只麻雀咻咻两声从屋顶上飞翔而下，在蕉场边跳跃着，慢慢地，它发现了白米，一步一步跳进箩筐里；孩子们把绳子一拉，箩筐碰然盖住，惊慌的麻雀打着双翼，却一点也找不到出路地悲哀地号叫出声。孩子们欢呼着自墙边出来，七八只手争着去捉那只小小的雀子，一个大孩子用原来绑竹子的那根线系住麻雀的腿，然后将它放飞。

麻雀以为得到了自由，振力地飞翔，到屋顶高的时候才知道被缚住了脚，颓然跌落在地上，它不灰心，再飞起，又跌落，直到完全没有力气，蹲在褐黄色的土地上，绝望地喘着气，还忧戚地长嘶，仿佛在向某一处不知的远方呼唤着什么。

这捕麻雀的游戏，是我幼年经常玩的，如今在心情沉落的此刻，心中不禁一阵哀感。我想着小小的麻雀走进箩筐的景况，只是为了啄食几粒白米，未料竟落进一个不可超拔的生命陷阱里去，农人何尝不是这样呢？他们白日里辛勤地工作，夜里还要去巡田水，有时也只是为了求取三餐的温饱，没想到勤奋打拼的工作，竟也走入了命运的箩筐。

箩筐是劳作的人们一件再平凡不过的用具，它是收成时一串快乐的歌声。在收成的时节，看着人人挑着空空的箩筐走过黎明的田路，当太阳斜向山边，他们弯腰吃力地挑着饱满的箩筐，走过晚霞投照的田埂，确是一种无法言宣的美，是出自生活与劳作的美，比一切美术音乐还美。

我每看到农人收成，挑着箩筐唱简单的歌回家，就冥冥想起托尔斯泰的艺术论，任何伟大的作品都是蘸着血泪写成的。如果说大地是一张摊开的稿纸，农民正是蘸着血泪在上面写着伟大的诗篇；播种的时候是逗点，耕耘的时候是顿号，收成的箩筐正像在诗篇的最后圈上一个饱满的句点。人间再也没有比这篇诗章更令人动容的作品了。

遗憾的是，农民写作歌颂大地的诗章时，不免有感叹号，不免有问号，有时还有通向不可知的……分号！我看过狂风下不能出海的渔民，望着箩筐出神；看过海水倒灌淹没盐田，在家里踢着箩筐出气的盐民；看过大旱时的龟裂土地，农民挑着空的箩筐叹息。那样单纯的情切意乱，比诗人捻断数根须犹不能下笔还要忧心百倍；这时的农民正是契诃夫笔下没有主题的人，失去土地的依恃，再好的农人都变成浅薄的、渺小的、悲惨的、滑稽的、没有明天的小人物，他不再是个大地诗人了！

由于天候的不能收成和没有收成固是伤心的事，倘若收成过剩而必须抛弃自己的心血，更是最大的打击。这一次我的乡人因为收成过多，不得不把几千万公斤的香蕉毁弃，每个人的心都被抓出了几道血痕。在过去的岁月里，他们只知道“一分耕耘，一分收获”的天理，从来没有听过“收成过剩”这个东西，怪不得几位白了胡子的乡人要感叹起来：真是没有天理呀！

当我听到故乡的香蕉因为无法产销，便搭着黎明的火车转回故乡，火车轰隆轰隆轰隆地奔过田野，天空稀稀疏疏地落着小雨，戴斗笠的农人正弯腰整理农田，有的农田里正在犁田，农夫将犁绳套在牛肩上，自己在后面推犁，犁翻出来的烂泥像春花在土地上盛开。偶尔也看到刚整理好的田地，长出青翠的芽苗，那些芽很细小只露出一丝丝芽尖，在雨中摇呀摇的，那点绿鲜明地告诉我们，在这一片灰色的大地上，有一种生机埋在最深沉的泥土里。台湾的农人是世界上最勤快的农人，他们总是耕者如斯，不舍昼夜，而我们的平原也是世界上最肥沃的土地，永远有新的绿芽从土里争冒出来。

看着急速往后退去的农田，我想起父亲戴着斗笠在蕉田里工作的姿影。他在土地里种作五十年，是他和土地联合生养了我们，和土地已经种下极为根深的情感，他日常的喜怒哀乐全是跟随土地的喜怒哀乐。有时收成不好，他最受伤的，不是物质的，而是情感的。在我们所拥有的一小片耕地上，每一尺都有父亲的足迹，每一寸都有父亲的血汗。而今年收成这么好，还要接受收成过剩的打击，对于父亲，不知道是伤心到何等的事！

我到家的时候，父亲挑着香蕉去蕉场了，我坐在庭前等候他高大的背影，看到父亲挑着两个晃动的空箩筐自远方走来，他旁边走着的是我毕业于大学的哥哥，他下了很大决心才回到故乡帮忙父亲的农业。由于哥哥的挺拔，我发现父亲这几年背竟是有些弯了。

长长的夕阳投在他挑的箩筐上，拉出更长的影子。

记得幼年时代的清晨，柔和的曦光总会肆无忌惮地伸出大手，推进我家的大门、院子，一直伸到厅场的神案上，使案上长供的四果一面明一面暗，好像活的一般，大片大片的阳光真是醉人而温暖。就在那熙和的日光中，早晨的微风启动了大地，我最爱站在窗口，看父亲穿着沾满香蕉汁的衣服，戴着顶尖上几片竹叶已经掀起的旧斗笠，挑着一摇一晃的一对箩筐，穿过庭前去田里工作；爸爸高大的身影在阳光照耀下格外雄伟健壮，有时除了箩筐，他还荷着锄头、提着扫刀，每一项工具都显得厚实有力，那时我总是倚在窗口上想着：能做个农夫是多么快乐的事呀！

稍稍长大以后，父亲时常带我们到蕉园去种作，他用箩筐挑着我们，哥哥坐前面，我坐后边，我们在箩筐里有时玩杀刀，有时用竹筒做成的气枪互相打苦苓子，使得箩筐摇来晃去，爸爸也不生气；真闹得他心烦，他就抓紧箩筐上的扁担，在原地快速地打转，转得我们人仰马翻才停止，然后就听到他爽朗洪亮的笑声串串响起。

童年蕉园的记忆，是我快乐的最初，香蕉树用它宽大的叶子覆盖累累的果实，那景象就像父母抱着幼子要去进香一样，同样涵含了对生命的虔诚。农人灌溉时流滴到地上的汗水，收割时挑着箩筐嘿嗬嘿嗬的吆喝声，到香蕉场验关时的笑谈声，总是交织成一幅有颜色有声音的画面。

在我们蕉园尽头处有一条河堤，堤前就是日夜奔湍不息的旗尾溪了。那条溪供应了我们土地的灌溉，我和哥哥时常在溪里摸蛤、捉虾、钓鱼、玩水，在我童年的认知里，不知道为什么就为大地的丰饶而感恩着土地。在地上，它让我们在辛苦的犁播后有喜悦的收成；在水中，它生发着永远也不会匮乏的丰收讯息。

我们玩累了，就爬上堤防回望那一片广大的蕉园，由于蕉叶长得太繁茂了，我们看不见在里面工作的人们，他们劳动的声音却像从地心深处传扬出来，交响着旗尾溪的流水潺潺，那首大地交响的诗歌，往往让我听得出神。

一直到父亲用箩筐装不下我们去走蕉园的路，我和哥哥才离开我们眷恋的故乡到外地求学，父亲送我们到外地读书时说的一段话到今天还响在我的心里："读书人穷没有关系，可以穷得有骨气，农人不能穷，一穷就双膝落地了。"

以后的十几年，我遇到任何磨难，就想起父亲的话，还有他挑着箩筐意气风发到蕉园种作的背影，岁月愈长，父亲的箩筐魔法也似的一日比一日鲜明。

此刻我看父亲远远地走来了，挑着空空的箩筐，他见到我的欣喜中也不免有一些黯然。他把箩筐随便地堆在庭前，一言不发，我忍不住问他："情形有改善没有？"

父亲涨红了脸："伊娘咧！他们说农人不应该扩大耕种面积，说我们没有和青果社签好约，说早就应该发展香蕉的加工厂，我们哪里知道那么多？"父亲把蕉汁斑斑的上衣脱下挂在庭前，那上衣还一滴滴地落着他的汗水，父亲虽知道今年香蕉收成无望，今天在蕉田里还是艰苦地做了工的。

哥哥轻声地对我说："明天他们要把香蕉丢掉，你应该去看看。"父亲听到了，对着将落未落的太阳，我看到他眼里闪着微明的泪光。

我们一家人围着，吃了一顿沉默而无味的晚餐，只有母亲轻声地说了一句："免气得这样，明年很快就到了，我们改种别的。"阳光在我们吃完晚餐时整个沉到山里，黑暗的大地只有一片虫鸣唧唧。这往日农家凉爽快乐的夏夜，儿子从远方归来，却只闻到一种苍凉和寂寞的气味，星星也躲得很远了。

两部怪手很快地就堆满一辆载货的卡车。

西北雨果然毫不留情地倾泻下来，把站在四周的人群全淋得湿透，每个人都纹风不动地让大雨淋着，看香蕉被堆上车，好像一场气氛凝重的告别式。我感觉那大大的雨点落着，一直落到心中升起微微的凉意。我想，再好的舞者也有乱而忘形的时刻，再好的歌者也有仿佛失曲的时候，而再好的大地诗人——农民，却也有不能成句的时候。是谁把这写好的诗打成一地的烂泥呢？是雨吗？

货车在大雨中，把我们的香蕉载走了，载去丢弃了，只留两道轮迹，在雨里对话。

捕麻雀的小孩，全部躲在香蕉场里避雨，那只一刻钟前还活蹦乱跳的麻雀，死了。最小的孩子为麻雀的死哇哇哭起来，最大的孩子安慰着他："没关系，回家哥哥烤给你吃。"

我们一直站到香蕉全被清出场外、呼啸而过的西北雨也停了，才要离开，小孩子们已经蹦跳着出去，最小的孩子也忘记死去麻雀的一点点哀伤，高兴地笑了，他们走过箩筐，恶作剧地一脚踢翻箩筐，让它仰天躺着；现在他们不抓麻雀了，因为知道雨后，会飞出来满天的蜻蜓。

我独独看着那个翻仰在烂泥里的箩筐，它是我们今年收成的一个句点。

燕子轻快地翱翔，蜻蜓满天飞。

云在天空赶集似的跑着。

麻雀一群，在屋檐咻咻交谈。

我们的心是将雨，或者已经雨过的天空。

满天都是小星星

夜晚沿着仁爱路的红砖道散步，正是春夜晴好。仁爱路上盛放着橙色的木棉花，叶已全数落尽，木棉树的枝桠呈着接近黑的褐色，仿佛已经干去一般，它唯一还证明自己活着的，是那些有强硬花瓣的，在夜风中微微抖动的花朵。

到了二段以后，木棉少了，只有安全岛上的椰子树孤单而高傲地探触着天空一角。不知道为什么，我总觉得城市里的木棉与椰子树是兄弟一样的品种，不开花的时候，往往使我们忘记它的存在，但是它们却一年年活了下来，互相看守道路，在寂寞的时候互相对应。

有时我追索着为什么把它们当成相同的品种，是因为长久的观察，使我知道，在都市的木棉与椰子是永不结果的。如果在我的故乡，春末的木棉花开过后并不掉落，它们在树上结成棉果，熟透之后就在树上爆裂，木棉的棉絮如冬天第一场细雪，随风飘落。每一片乳白的木棉絮都连着一粒黑色的种子，随风落处只要是有土的所在，第二年就长出木棉树的嫩芽。所以我们常会在水田中看到一株孤零零的木棉耸立，那可能是几里外另一株木棉飘过来的种子。

到了夏天，是椰子结实的时候，那时椰子纷纷“放花”完成，饱满青苍色的椰子好像用超重机高高地升到树顶上。但是收采椰子的时候，农人常常留下几颗最强壮的椰子做种，等到椰子内部长成实心的时候才采收下来，埋在地下，不久就长芽抽放；如果将它放在大盆子里，每天浇点清水，椰子也照样的发芽，然后运送到城市，成为充满绿意的盆栽。

记得我故乡的小学，沿着低矮的围墙就种满了椰子树，门口的两株长得格外高大，那椰子树是父亲读小学时就有的，后来我才知道整个校园的椰子树全是由门口的两株传种，一个校园的上百株椰子树事实上是一个庞大的家族，有着血亲的关系。每次想到那一群椰子，都给我一种莫名的感动。

如今在仁爱路上的椰子，不要说结实传种，它们甚至是不开花的，只有站在安全岛的一角，默默倾听路过的车声。

过了临沂街右转，就走进铜山街的巷子，走进了我生命中的一段历史。

十几年前我初到台北，虽然心中有着向新环境开拓的想法，但从偏远的乡间突然进入这样的大城，不免有一种惶惑和即将迷失的恐惧。我从台北车站小心翼翼地坐上零南公车，特别交代车掌小姐在临沂街口让我下车，我坐在车掌身后的位子上，张皇地看着窗外的景物，直到看见了仁爱路上的椰子和木棉才稍稍放松心情。

公车到站的时候，就读小学三年级的大侄女，在站牌上等我，带我到堂哥家里。堂哥当时住在铜山街三十三巷一号，是一个两百坪的日式平房，屋前的庭园种了正在盛开的花草，门口的两边各种了一株数丈高的椰子树，那时正结满了椰子。屋后的院子是水泥地，让小孩子玩耍。

初到台北时寄住在堂哥家里，他让我住在庭园边的小房间，每天从窗口都能看见那两株高大到几乎难以攀爬的椰子树。那时的堂哥正当盛年，意气十分风发，拥有一家规模极大的石棉工厂，和一家中型的水泥厂，他曾在故乡担任过一届县议员两届省议员，是普遍受到尊敬的。我非常敬爱他，虽然我们年龄相差很大，观念也不太能沟通，甚至在家里也很少交谈，但是我每天看他清晨在园中浇水，然后爱惜地抚摸椰子树干，心里就充满了感动。

有一次我们坐在一起听音乐，同时看着窗外，目光不约而同落在椰子树上，堂哥的脸上突然流过孩子一般天真的笑容，对我说："你看，这椰子是不是长得和家乡种的一样好？有人说台北的椰子不结果，我种的一年可以生一百多粒呢！"我点头表示同意，他随即感喟地说："可惜这椰子长得太瘦了，没有我们家的强壮。"

接着我们沉默起来，让黄昏逐渐退去，黑暗慢慢地流进来。

我找到过去住的铜山街，门牌的号码早就更换了，堂哥的房子被铲平，盖成一栋七层的大楼，不要说椰子树，连一朵花都看不见了。

我在堂哥家住了一年，直到我考上郊区的学校才搬走。接着是台北一次空前的经济低潮，堂哥的事业纷纷因负债而被拍卖，甚至连住的房子都保不住。房子要卖之前我去看他，他仍像往常一样乐观，反过来安慰我："难不成我回家种田就是了。只是这两丛椰子砍掉，实在可惜。"

那一次卖房子对堂哥的打击很大，他的身子没有以前健朗，加上租屋居住，时常搬家，使他的性格也变得忧郁了。他把最后的积蓄投资建筑业，奋力一搏，没想到遭逢建筑业不景气，反而使他一病不起。

他过世的前几天，我到医院看他，他从沉沉的午睡中惊醒，那时他的耳朵重听，身体已不能动了，说话十分吃力，看到我却笑了一下，我俯身听他说话，他竟说："我刚刚做了一个梦，梦见乡下的粉肠和红糟肉，你小时候我带你去吃过的，真是好吃。"说完，失神的眼睛仿佛转回了故乡那一担以卖粉肠和红糟肉闻名的小摊。

第二天，我带粉肠和红糟肉给他吃，他只各吃了一口，就流下泪来，把东西放在病床一角，微弱地说："真是不如我们乡下的呀!"他默默地流泪，一句话也不肯再说。

一个星期后，堂哥过世了。

他留下来的最后一句话是："赶快把我送回乡下去埋葬吧！墓前种两丛椰子树。"

堂哥留下四个孩子，当年在站牌等我的大侄女，如今已是大学四年级的学生，时间就这样流逝，好像清晰如昨日的事，没想到已经十几年了。

静夜里我常想起堂哥的一生，想到他和椰子树那不为人知的情感，令我悲伤莫名。或者他就是乡间移植到城市的一株椰子树，经过努力地灌溉，虽然也结果，却不免细瘦，在一整个城市与时间的流转中，默默地消失了。

我沿着铜山街，一步一步地走到底，整条街竟看不见一株椰子树，而仁爱路上的那些，是没有一株会结果的。

走出铜山街，抬头见到满天的小星星，忆起童年常唱的两句歌词："一闪一闪亮晶晶，满天都是小星星。"星星还是一样的星星，可是星星知道什么呢？星星知道人世里的一株树有时就会令人落泪吗？

我突然强烈地思念着故乡，想起故乡木棉和椰子那落地生根的力量，想起堂哥犹新的墓园，以及前面那两株栽种不久还显得娇嫩的椰子树。

等到那椰子成熟，会不会长出更多的椰子树呢？那上面，永远都会有微笑闪动光明的星星吧！

我唯一的松鼠

我拥有的第一只动物是一只小松鼠，那是小学一年级的事了。小学一年级，我家住在乡间，有一日从学校回家在路边捡到一只瘦弱颤抖的小松鼠，身上的毛还未长全，一双惊惧的刚张开的眼睛转来转去。我把它捧在手上，拼命地跑回家，好像捡到什么宝物，一路跑的时候还能感觉到松鼠的体温。

回家后，我找到一节粗大的竹筒剖成两半，铺上破布做了小松鼠的窝，可是它的食物却使我们全家都感到紧张：那时牛奶还不普遍，经过妈妈的建议，我在三餐煮饭的时候从上面捞取一些米汤，用撕破的面粉袋子沾给它吃。饥饿的松鼠紧紧吸吮着米汤使我们都安心了。

慢慢地，那只松鼠长出光亮的棕色细毛，也能一扭一扭地爬行。每天为它准备食物，成为我生活里最快乐的事。幸好我们住在乡间，家里还有果园，我时常去采摘熟透的木瓜、番石榴、香蕉，小心地捣碎来喂我的松鼠。它快速的长大从尾巴最能看出来，原来无毛细瘦的尾巴，走起路来拖在地上的尾巴，慢慢丰满起来，长满松松的毛，还高傲地翘着。

从爬行、跑路到跳跃竟如同瞬间的事，一个学期还未过完，松鼠已经完全成长为一个翩翩的少年了。

小松鼠仿佛记得我的救命之恩，非常乖巧听话。白天我去上学的时候，它自己跑到园里去觅食，黄昏的时候就回到家来躲进自己的窝。夜里我做功课的时候，松鼠就在桌子旁边绕来绕去，这边跳那边跑，有时还跑来磨蹭人的脚掌。妈妈常说："这只松鼠一点都不像松鼠，真像一只猫哩!"小松鼠的乖巧赢得了全家的喜爱。

有时候我早回家，只要在园子里吹几声口哨，它就像一阵风从园子里不知的角落窜出来，蹲在我的肩膀上，转着滴溜溜的眼睛，然后我们就在园子里玩着永不厌倦的追逐的游戏。松鼠跑起来姿势真是美，高高竖起的尾巴像一面迎风招展的旗子，那面旗跑在泥地上像一阵烟，转眼飞逝。

自从家里养了松鼠，老鼠也减少了，那是我第一次知道松鼠还会打老鼠，夜里它绕着房子蹦跳，可能老鼠也分不清它是什么动物，只好到别处去觅食了。

我家原来养了许多动物，有七八条猎狗土狗，是经常跟随爸爸去打猎的；有十几只猫，每天都在庭院里玩耍的。这些动物大部分来路不明，由于我家是个大家庭，日常残羹剩菜很多，除了养猪，妈妈常常用几个大盆放在院子里，喂食那些流落乡野的猫狗，日久以后，许多猫狗都留了下来；有比较好的狗，爸爸就挑出来训练它们捉野兔打山猪的本事，这些野狗们都有一分情，它们往往能成为比名种狗更好的猎犬；因为它们不挑食，对生命的留恋也不如名种狗，在打猎时往往能义无反顾，一往直前。

但是这些猫狗向来是不进屋的，它们的天地就是屋外广大的原野，夜里就在屋檐下各自找安睡的地方，清晨才从各角落冒出来。自从小松鼠来了以后，它是唯一睡在屋里的，又懂事可爱，特别得到家人的宠爱。原先我们还担心有那么多猫狗，松鼠的安全堪虑，后来才发现这种担心完全是不必要的，小松鼠和猫狗也玩得很好。我想，只要居住在一个无边的广大空间，连动物也能有无私的心。

有趣的是，小松鼠好像在冥冥中知道我是捡拾它回来的人，与我特别亲密，它虽然与哥哥弟弟保持良好的关系，但也仅止于召唤，从来不肯跳到他们身上，却常常在我做功课的时候就蹲在我的腿上睡着了。有时候我带松鼠到学校去，把它放在书包里，头尾从两边伸出，它也一点都不惊慌。

松鼠与我的情感，使我刚上学的时候有一段有声音有色彩、明亮跳跃的时光。同学们都以为这只松鼠受过特别的训练，其实不然，它只是路边捡来养大而已。我成年以后回想起来，才知道如果松鼠有过训练，唯一的训练内容就是一种儿童最无私最干净的爱。

隔年冬天的一个晚上，我吃过晚饭像往日一样回到书房做功课，为了赶写第二天大量的作业还特别削尖了所有的铅笔。松鼠如同往日，跳到我的毛衣里取暖，然后在书桌边绕来绕去玩一只小皮球。我的作业太多，赶写到深夜还不能写完，就伏在桌子上睡着了。

被夜凉冻醒的时候，我被眼前的影像吓呆了，放声痛哭。我心爱的松鼠不知何时已死在我削尖倒竖拿在手中的铅笔上，那枝铅笔正中地刺入松鼠的肚子，鲜血流满了我的整只右手，甚至溅满在笔记簿上，血迹已经干了，松鼠冰凉的身体也没有了体温。我到现在还清楚记得那一幅惊悸的影像，甚至我写的作业本也清楚记得。

那一天老师规定我们每个人写自己的名字两百遍，我的笔记本上密密麻麻地写着自己的名字，而松鼠的血则滴滴溅满在我的名字上，那一刻我说不出有多么痛恨自己的作业，痛恨铅笔，痛恨自己的名字，甚至痛恨出作业的老师。我想，如果没有它们，我心爱的松鼠就不会死了。

我惊吓哀痛的哭声，吵醒了为明日农田上工而早睡的父母，妈妈看到这幅景象也禁不住流下泪来，我扑在妈妈怀里时还紧紧地抱住那只松鼠。我第一次养的动物，真正属于我自己的动物，就这样一夜间死了。死得何其之速，死得何等凄惨，如今我回想起来，心里还会升起一股痛伤的抽动。如果说我懂得人间有哀伤，知道人世有死别，第一次最强烈的滋味是松鼠用它的生命给了我的。我至今想不通松鼠为何会那样死去，一定是它怕我写不完作业来叫醒我，而一跳就跳到铅笔上——当时我确实是这样想的。

我把死去的松鼠，用溅了它的血的毛衣包裹，还把刺死它的铅笔放在一边，一起在屋后的蕉园掘了一个小小坟墓埋葬。做好新坟的时候，我站在旁边默默地流泪，那时也是我第一次知道，所有的物件与躯壳都可以埋葬，唯有情感是无法埋葬的，它如同松鼠的精魂永远活着。

后来我也养过许多松鼠，总是养大以后一跑就了无踪影，毫不眷恋主人，偶有一两只肯回家的，也不听使唤，和人也没有什么情感。每遇这种情况，我就疑惑，在松鼠那么广大的世界里，为什么偏有一只那么不同的、充满了爱的松鼠会被我捡拾，和我共度一段美好的时光呢？莫非这个世界在冥冥中真有什么特别的安排，使我们与动物也有一种奇特的缘分？

猫狗当然不用说了，在我成长的过程中，我养过老鹰、兔子、穿山甲、野斑鸠、麻雀、白头翁，甚至也养过一头小山猪、一只野猴，但没有一只动物能像第一只松鼠那样与我亲近，也没有一只像松鼠是被我捡拾、救活，而在我的手中死亡的。

松鼠的死给我的童年铺上一条长长的暗影，日后也常从暗影走出来使我莫名忧伤。经过廿几年了，我才确信人与动物、人与人间有一种不能测知的命运，完全是不能知解地推动我们前行，使我们一程一程地历经欢喜与哀伤，而从远景上看，欢喜与哀伤都是一种沧桑，我们是活在沧桑里的；就像如今我写松鼠的时候，心里既温暖又痛心，手里好像还染着它的血，那血甚至烙印在我写满的名字上，永世也不能洗清。它是我生命里唯一的动物，永远在启示我的爱与忧伤。

琉璃王的悲歌

萨罗国的国王波斯匿，是佛陀初传教法时最大的护法。他在年轻时非常欣羡释迦族男女的俊美，因此渴望娶一位释种少女做王妃。

他派人到迦毗罗卫国的释迦族去提亲，由于有一部分释迦族人不肯将贵女嫁给邻国，最后把摩男家中婢女所生的女儿送给波斯匿王为妻。

这个出身卑微的婢女之女，就是后来非常有名的"胜鬘夫人"。胜鬘夫人非常贤惠，十分得到国王的宠爱，不久生下一个儿子琉璃王子。

琉璃王子幼年时代就常随母亲返回娘家迦毗罗卫国。由于释·迦族的人都知道他母亲出身贫贱，常在暗地里取笑他，称他为"婢子"。他长到八岁的时候，奉父王之令到迦毗罗卫城学习射箭，经常被以白眼相待，甚至被怒斥，这加深了他心中的仇恨。年轻的王子于是发下恶愿：长大继承王位以后，一定要消灭释迦族。

波斯匿王过世后，王位传给琉璃王。他每次一想起童年的遭遇就心如刀刺。为了消多年之恨，他率领四军（象兵、骑兵、步兵、战车兵）大举向迦毗罗卫城出兵。

佛陀预先知道这件事，独自站在琉璃王大军向迦毗罗卫国前进的街道大树下，等待国王及大军。挥车而至的琉璃王，看到佛陀无言地站立树下，想到父王生前是多么恭敬佛陀，他迟疑了一下，然后无言地带兵折返原路。

但是他的恨意并未随他折返，不久他的愤怒又爆发了。他再度率军出征，佛陀又站在路边的大树下，他的大军又折回去。第三次琉璃王发动大军，再一次看到佛陀。如是折回三次，琉璃王第四次发兵时，心里想："如果这一次再看到世尊，从此就停止进攻迦毗罗卫国。"没有想到，不知道是什么原因，第四次佛陀并没有站在路上，琉璃王便大举挥兵攻略了迦毗罗卫国。

经典上记载，琉璃王一共鏖杀了释种九千九百九十万人（这是极言其多），血流成河。他又捕捉了五百位端正美丽的释族贵女，要娶狎她们，被严峻地拒绝了。琉璃王更加嗔恚，把她们的手脚都砍断丢在深坑之中……释迦族的族人在琉璃王手中就像大海的泡沫般迅速地消失。

琉璃王的杀戮非常彻底，差不多灭了释迦一族。复了仇的琉璃王十分畅快，终日饮酒欢娱。到第七天，他率领诸兵众和诸彩女到阿脂罗河畔娱乐，夜半突然刮起暴风疾雨，河水大涨。琉璃王、兵众、彩女全被水所淹没。

旋即，琉璃王的宫殿不知何故起火，被焚毁了。

琉璃王落入阿鼻地狱，更不在话下。

这个记载在佛教原始经典里的故事，使我读了非常感伤。琉璃王以一个小时候的恶愿竟消灭了一个民族。释迦族则由于不诚实及鄙视，引来了难以想象的灾祸。可见人的心念是多么需要守护。一念的嗔恨及恶心，就像天火焚林一样，往往造成不可收拾的结果。

琉璃王的身世固然是一出很大的悲剧，但更让我们感慨的是，释迦牟尼是伟大的觉者，他所属的种族释迦族，竟在他生前就惨遭屠戮而消灭了。就好像西方的圣人耶稣一样，从耶稣一出生，犹太民族就似乎注定了暗淡的命运，甚至到了近代，还是几百万的被杀害，连耶稣本人也被杀害，其悲惨并不亚于释迦族。

东西方两位圣人，他们种族的悲剧命运，里面一定有深刻的寓意与教化。我时常在长夜里，思索其中的命题，想到老年的佛陀悲伤地站在树下，预见了民族的灭亡；想到壮年的耶稣被赶到“骸骨之丘”，施以极刑，在忧伤的夕阳中看着自己人民的悲剧；我的心就悲绝而静默了，屋里只流动着空虚而喑哑的风。

呀！这是一个怎么样的人生命题呢？答案在哪里啊？我不知道！我真的不知道！

风里，也没有回答。

飞入芒花

母亲蹲在厨房的大灶旁边，手里拿着柴刀，用力劈砍香蕉树多汁的草茎，然后把剁碎的小茎丢到灶中大锅，与馊水同熬，准备去喂猪。

我从大厅迈过后院，跑进厨房时正看到母亲额上的汗水反射着门口射进的微光，非常明亮。

“妈，给我两角。”我靠在厨房的木板门上说。

“走！走！走！没看到在没闲吗?”母亲头也没抬，继续做她的活儿。

“我只要两角银。”我细声但坚定地说。

“要做什么?”母亲被我这异乎寻常的口气触动，终于看了我一眼。

“我要去买金啖。”金啖是三十年前乡下孩子唯一能吃到的糖，浑圆的，坚硬的糖球上面黏了一些糖粒。一角钱两粒。

“没有钱给你买金啖。”母亲用力地把柴刀剁下去。

“别人都有？为什么我们没有?”我怨愤地说。

“别人是别人，我们是我们，没有就是没有，别人做皇帝你怎么不去做皇帝!”母亲显然动了肝火，用力地剁香蕉块。柴刀砍在砧板上咚咚作响。

“做妈妈是怎么做的？连两角钱买金啖都没有?”

母亲不再作声，继续默默工作。

我那一天是吃了秤锤铁了心，冲口而出：“不管，我一定要!”说着就用力地踢厨房的门板。

母亲用尽力气，柴刀咔的一声站立在砧板上，顺手抄起一根生火的竹管，气急败坏地一言不发，劈头劈脑就打了下来。

我一转身，飞也似的蹦了出去，平常，我们一旦忤逆了母亲，只要一溜烟跑掉，她就不再追究，所以只要母亲一火，我们总是一口气跑出去。

那一天，母亲大概是气极了，并没有转头继续工作，反而快速地追了出来。我正奇怪的时候，发现母亲的速度异乎寻常的快，几乎像一阵风一样，我心里升起一种恐怖的感觉，想到脾气一向很好的母亲，这一次大概是真正生气了，万一被抓到一定会被狠狠打一顿。母亲很少打我们，但只要她动了手，必然会把我们打到讨饶为止。

边跑边想，我立即选择了那条火车路的小径，那是家附近比较复杂而难走的小路，整条都是枕木，铁轨还通过旗尾溪，悬空架在上面，我们天天都在这里玩要，路径熟悉，通常母亲追我们的时候，我们就选这条路跑，母亲往往不会追来，而她也很少把气生到晚上，只要晚一点回家，让她担心一下，她气就消了，顶多也只是数落一顿。

那一天真是反常，母亲提着竹管，快步地跨过铁轨的枕木追过来，好像不追到我不肯罢休。我心里虽然害怕，却还是有恃无恐，因为我的身高已经长得快与母亲平行了，她即使用尽全力也追不上我，何况是在火车路上。

我边跑还边回头望母亲，母亲脸上的表情是冷漠而坚决的。我们一直维持着二十几米的距离。

“哎哟!”我跑过铁桥时，突然听到母亲惨叫一声，一回头，正好看到母亲扑跌在铁轨上面，噗的一声，显然跌得不轻。

我的第一个反应是：一定很痛！因为铁轨上铺的都是不规则的碎石子，我们这些小骨头跌倒都痛得半死，何况是妈妈?

我停下来，转身看母亲，她一时爬不起来，用力搓着膝盖，我看到鲜血从她的膝上流出，鲜红色的，非常鲜明。母亲咬着牙看我。

我不假思索地跑回去，跑到母亲身边，用力扶她站起，看到她腿上的伤势实在不轻，我跪下去说：“妈，您打我吧！我错了。”

母亲把竹管用力地丢在地上，这时，我才看见她的泪从眼中急速地流出，然后她把我拉起，用力抱着我，我听到火车从很远很远的地方开过来。

我用力拥抱着母亲说：“我以后不敢了。”

这是我小学二年级时的一幕，每次一想到母亲，那情景就立即回到我的心版，重新显影，我记忆中的母亲，那是她最生气的一次。其实，母亲是个很温和的人，她最不同的一点是，她从来不埋怨生活，很可能她心里也是埋怨的，但她嘴里从不说出，我这辈子也没听她说过一句粗野的话。

因此，母亲是比较倾向于沉默的，她不像一般乡下的妇人喋喋不休。这可能与她的教育与个性都有关系，在母亲的那个年代，她算是幸运的，因为受到初中的教育，日据时代的乡间能读到初中已算是知识分子了，何况是个女子。在我们那方圆几里内，母亲算是知识丰富的人，而且她写得一手娟秀的字，这一点是我小时候常引以为傲的。

我的基础教育都是来自母亲，很小的时候她就把三字经写在日历纸上让我背诵，并且教我习字。我如今写得一手好字就是受到她的影响，她常说："别人从你的字里就可以看出你的为人和性格了。"

早期的农村社会，一般孩子的教育都落在母亲的身上，因为孩子多，父亲光是养家已经没有余力教育孩子。我们很幸运的，有一位明理的、有知识的母亲。这一点，我的姊姊体会得更深刻，她考上大学的时候，母亲力排众议对父亲说："再苦也要让她把大学读完。"在二十年前的乡间，给女孩子去读大学是需要很大的决心与勇气的。

母亲的父亲——我的外祖父——在他居住的乡里是颇受敬重的士绅，日据时代在政府机构任职，又兼营农事，是典型耕读传家的知识分子，他连续拥有了八个男孩，晚年时才生下母亲，因此，母亲的童年与少女时代格外受到钟爱，我的八个舅舅时常开玩笑地说："我们八个兄弟合起来，还比不上你母亲的受宠爱。"

母亲嫁给父亲是"半自由恋爱"，由于祖父有一块田地在外祖父家旁，父亲常到那里去耕作，有时借故到外祖父家歇脚喝水，就与母亲相识，互相闲谈几句，生起一些情意。后来祖父央媒人去提亲，外祖父见父亲老实可靠，勤劳能负责任，就答应了。

父亲提起当年为了博取外祖父母和舅舅们的好感，时常挑着两百多斤的农作在母亲家前来回走过，才能顺利娶回母亲。

其实，父亲与母亲在身材上不是十分相配的，父亲是身高六尺的巨汉，母亲的身高只有一米五十，相差达三十公分。我家有一幅他们的结婚照，母亲站着到父亲耳际，大家都觉得奇怪，问起来，才知道宽大的白纱礼服里放了一个圆凳子。

母亲是嫁到我们家才开始吃苦的，我们家的田原广大，食指浩繁，是当地少数的大家族。母亲嫁给父亲的头几年，大伯父二伯父相继过世，大伯母也随之去世，家外的事全由父亲撑持，家内的事则由二伯母和母亲负担，一家三十几口的衣食，加上养猪饲鸡，辛苦与忙碌可以想见。

我印象里还有几幕影像鲜明的静照，一幕是母亲以蓝底红花背巾背着我最小的弟弟，用力撑着猪栏要到猪圈里去洗刷猪的粪便。那时母亲连续生了我们六个兄弟姊妹，家事操劳，身体十分瘦弱。我小学一年级，幺弟一岁，我常在母亲身边跟进跟出，那一次见她用力撑着跨过猪圈，我第一次体会到母亲的辛苦而落下泪来，如今那一条蓝底红花背巾的图案还时常浮现出来。

另一幕是，有时候家里缺乏青菜，母亲会牵着我的手，穿过家前的一片苇芒花，到番薯田里去采番薯叶，有时候则到溪畔野地去摘乌莘菜或芋头的嫩茎。有一次母亲和我穿过芒花的时候，我发现她和新开的芒花一般高，芒花雪样的白，母亲的发墨一般的黑，真是非常的美。那时感觉到能让母亲牵着手，真是天下最幸福的事。

还有一幕是，大弟因小儿麻痹死去的时候，我们都忍不住大声哭泣，唯有母亲以双手掩面悲号，我完全看不见她的表情，只见到她的两道眉毛一直在那里抽动。依照习俗，死了孩子的父母在孩子出殡那天，要用拐杖击打棺木，以责备孩子的不孝，但是母亲坚持不用拐杖，她只是扶着弟弟的棺木，默默地流泪，母亲那时的样子，到现在在我心中还鲜明如昔。

还有一幕经常上演的，是父亲到外面去喝酒彻夜未归，如果是夏日的夜晚，母亲就会搬着藤椅坐在晒谷场说故事给我们听，讲虎姑婆，或者孙悟空，讲到孩子都撑不开眼睛而倒在地上睡着。

有一回，她说故事到一半，突然叫起来说："呀！真美。"我们回过头去，原来是我们家的狗互相追逐跑进前面那一片芒花，栖在芒花里无数的萤火虫哗然飞起，满天星星点点，衬着在月下波浪一样摇曳的芒花，真是美极了。美得让我们都呆住了。我再回头，看到那时才三十岁的母亲，脸上流露着欣悦的光泽，在星空下，我深深觉得母亲是多么的美丽，只有那时母亲的美才配得上满天的萤火。

于是那一夜，我们坐在母亲身侧，看萤火虫一一地飞入芒花，最后，只剩下一片宁静优雅的芒花轻轻摇动，父亲果然未归，远处的山头晨曦微微升起，萤火在芒花中消失。

我和母亲的因缘也不可思议，她生我的那天，父亲急急跑出去请产婆来接生，产婆还没有来的时候我就生出来了，是母亲拿起床头的剪刀亲手剪断我的脐带，使我顺利地投生到这个世界。

年幼的时候，我是最令母亲操心的一个，她为我的病弱不知道流了多少泪，在我得急病的时候，她抱着我跑十几里路去看医生，是常有的事。尤其在大弟死后，她对我的照顾更是无微不至，我今天能有很棒的身体，是母亲在十几年间仔细调护的结果。

我的母亲是这个世界上无数的平凡人之一，却也是这个世界上无数伟大的母亲之一，她是那样传统，有着强大的韧力与耐力，才能从艰苦的农村生活过来，丝毫不怀忧怨恨。她们那一代的生活目标非常的单纯，只是顾着丈夫、照护儿女，几乎从没有想过自己的存在，在我的记忆中，母亲的忧病都是因我们而起，她的快乐也是因我们而起。

不久前，我回到乡下，看到旧家前的那一片芒花已经完全不见了，盖起一间一间的透天厝，现在那些芒花呢？仿佛都飞来开在母亲的头上，母亲的头发已经花白了，我想起母亲年轻时候走过芒花的黑发，不禁百感交集。尤其是父亲过世以后，母亲显得更孤单了，头发也更白了，这些，都是她把半生的青春拿来抚育我们的代价。

童年时代，陪伴母亲看萤火虫飞入芒花的星星点点，在时空无常的流变里也不再有了，只有当我望见母亲的白发时才想起这些，想起萤火虫如何从芒花中哗然飞起，想起母亲脸上突然绽放的光泽，想起在这广大的人间，我唯一的母亲。

红心番薯

看我吃完两个红心番薯，父亲才放心地起身离去，走的时候还落寞地说："为什么不找个有土地的房子呢？"

这次父亲北来，是因为家里的红心番薯收成，特地背了一袋给我，还挑选几个格外好的，希望我种在庭前的院子。他万万没有想到，我早已从郊外的平房搬到城中的大厦，根本是容不下绿色的地方，甚至长不出一株狗尾草，不要说番薯了。

到车站接了父亲回到家里，我无法形容父亲的表情有多么近乎无望。他在屋内转了三圈，才放下提着的麻袋，愤愤地说："伊娘咧！你竟住在无土的所在！"一个人住在脚踏不到泥土的地方，父亲竟不能忍受，也是我看到他的表情才知道的。然后他的愤愤转成喃喃："你住在这种上不着天下不落地的所在，我带来的番薯要种在哪里？要种在哪里？"

父亲对番薯的感情，也是这两年我才深切知道的。

那是有一次我站在旧家前，看着河堤延伸过来的苇芒花，在微凉秋风中摇动着，那些遍地蔓生的苇芒长得有一人高，我看到较近的苇芒摇动得特别厉害，凝神注视，才突然看到父亲走在那一片苇芒里，我大吃一惊。原来父亲的头发和秋天灰白的苇芒花是同一个颜色，他在遍生苇芒的野地里走了几百公尺，我竟未能看见。

那时我站在家前的番薯田里，父亲来到我的面前，微笑地问："在看番薯吗？你看长得像羊头一样大了哩！"说着，他蹲下来很细心地拨开泥土，捧出一个精壮圆实的番薯来，以一种赞叹的神情注视着番薯。我带着未能在苇芒花中看见父亲身影的愧疚心情，与他面对面蹲着。父亲突然像儿童天真欢愉地叹了一口气，很自得地说："你看，恐怕没有人番薯种得比我好了。"然后他小心翼翼把那个番薯埋入土中，动作像在收藏一件艺术品，神情庄重而带着收获的欢愉。

父亲的神情使我想起幼年有关于番薯的一些记忆。有一次我和几位内地的小孩子吵架，他们一直骂着："番薯呀！番薯呀！"我们就回骂："老芋呀！老芋呀！"

对这两个名词我是疑惑的，回家询问了父亲。那天他喝了几杯老酒，神情至为愉快，他打开一张老旧的地图，指着台湾的那一部分说："台湾的样子真是像极了红心的番薯，你们是这番薯的子弟呀！"而无知的我便指着北方广大的内地说："那，这大陆的形状就是一个大的芋头了，所以内地人是芋仔的子弟？"父亲大笑起来，抚着我的头说："憨囡仔，我们也是内地来的，只是来得比较早而已。"

然后他用一支红笔，从我们遥远的北方故乡有力地画下来，牵连到我们所居的台湾南部。那是第一次在十烛光的灯泡下，我认识到，芋头与番薯原来是极其相似的植物，并不是我们想象中那么判然有别的。也第一次知道，原来在东北会落雪的故乡，也遍生着红心的番薯！

我更早的记忆，是从我会吃饭开始的。家里每次收成番薯，总是保留一部分填置在木板的眠床底下。我们的每餐饭中一定煮了三分之一的番薯，早晨的稀饭里也放了番薯签，有时吃腻了，我就抱怨起来。

听完我的抱怨，父亲就激动地说起他少年的往事。他们那时为了躲警报，常常在防空壕里一窝就是一整天。所以祖母每每把番薯煮好放着，一旦警报声响，父亲的九个兄弟姊妹就每人抱两三个番薯直奔防空壕，一边啃番薯，一边听飞机和炮弹在四处交响。他的结论常常是："那时候有番薯吃，已经是天大的幸福了。"他一说完这个故事，我们只好默然把番薯扒到嘴里去。

父亲的番薯训诫并不是寻常都如此严肃，偶尔也会说起战前在日本人的小学堂中放屁的事。由于吃多了番薯，屁有时是忍耐不住的，当时吃番薯又是一般家庭所不能免，父亲形容说："因此一进了教室往往是战云密布，不时传来屁声。"而他说放屁是会传染的，常常一呼百诺，万众皆响。有一回屁得太厉害，全班被日本老师罚跪在窗前，即使跪着，屁声仍然不断。父亲顽笑地说："经过跪的姿势，屁声好像更响了。"他说这些的时候，我们通常就吃番薯吃得比较甘心，放起屁来也不以为忤了。

然后是一阵战乱，父亲到南洋打了几年仗，在丛林之中，时常从睡梦中把他唤醒，时常让他在思乡时候落泪的，不是别的珍宝，只是普普通通的红心番薯。它烤炙过的香味，穿过数年的烽火，在万金家书也不能抵达的南洋，温暖了一位年轻战士的心，并呼唤他平安地回到家乡。他有时想到番薯的香味，一张像极番薯形状的台湾地图就清楚地浮现，思绪接着往南方移动，再来的图像便是温暖的家园，还有宽广无边结满黄金稻穗的大平原……

战后返回家乡，父亲的第一件事便是在家前家后种满了番薯，日后遂成为我们家的传统。家前种的是白瓢番薯，粗大壮实，可以长到十斤以上一个；屋后一小片园地是红心番薯，一串一串的果实，细小而甜美。白瓢番薯是为了预防战争逃难而准备的，红心番薯则是父亲南洋梦里的乡思。

每年父亲从南洋归来的纪念日，夜里的一餐我们通常不吃饭，只吃红心番薯，听着父亲诉说战争的种种，那是我农夫父亲的忧患意识。他总是记得饥饿的年代番薯是可以饱腹的，如今回想起来，一家人围着小灯食薯，那种景况我在凡·高的名画《食薯者》中几乎看见。在沉默中，是庄严而肃穆的。

在这个近百年来中国最富裕的此时此地，父亲的忧患想来恍若一个神话。大部分人永远不知有枪声，只有极少数经过战争的人，在他们的心底有一段番薯的岁月，那岁月里永远有枪声时起时落。

由于有那样的童年，日后我在各地旅行的时候，便格外留心番薯的踪迹。我发现在我们所居的这张番薯形状的地图上，从最北角到最南端，从山坡上干瘠的石头地到河岸边肥沃的沙埔，番薯都能够坚强地、不经由任何肥料与农药而向四方生长，并结出丰硕的果实。

有一次，我在澎湖人迹已经迁徙的无人岛上，看到人所耕种的植物都被野草吞灭了，只有遍生的番薯还和野草争着方寸，在无情的海风烈日下开出一片淡红的晨曦颜色的花，而且在最深的土里，各自紧紧握着拳头。那时我知道在人所种植的作物之中，番薯是最强悍的。

这样想着，幼年家前家后的番薯花突然在脑中闪现，番薯花的形状和颜色都像牵牛花，唯一不同的是，牵牛花不论在篱笆上，在阴湿的沟边，都是抬头挺胸，仿佛要探知人世的风景；番薯花则通常是卑微地依着土地，好像在嗅着泥土的芳香。在夕阳将下之际，牵牛花开始萎落，而那时的番薯花却开得正美，淡红夕云一样的色泽，染满了整片土地。

正如父亲常说，世界上没有一种植物比得上番薯，它从头到脚都有用，连花也是美的。现在连台北最干净的菜场也卖有番薯叶子的青菜，价钱还颇不便宜。有谁想到这在乡间是最卑贱的菜，是逃难的时候才吃的?

在我居住的地方，巷口本来有一位卖糖番薯的老人，一个滚圆的大铁锅，挂满了糖渍过的番薯，开锅的时候，一缕扑鼻的香味由四面扬散出来，那些番薯是去皮的、长得很细小，却总像记录着什么心底的珍藏。有时候我向老人买一个番薯，散步回来时一边吃着，那蜜一样的滋味进了腹中，却有一点酸苦，因为老人的脸总使我想起在烽烟奔走过的风霜。

老人是离乱中幸存的老兵，家乡在山东偏远的小县城。有一回我们为了地瓜问题争辩起来，老人坚持台湾的红心番薯如何也比不上他家乡的红瓢地瓜，他的理由是："台湾多雨水，地瓜哪有俺的家乡甜?俺家乡的地瓜真是甜得像蜜的!"老人说话的神情好像当时他已回到家乡，站在地瓜田里。看着他的神情，使我想起父亲和他的南洋，他在烽火中的梦，我乃真正知道，番薯虽然卑微，它却连结着乡愁的土地，永远在乡思的天地里吐露新芽。

父亲送我的红心番薯过了许久，有些要发芽的样子，我突然想起在巷口卖糖番薯的老人，便提去巷口送他，没想到老人改行卖牛肉面了，我说："你为什么不卖地瓜呢?"老人愕然地说："唉！这年头，人连米饭都不肯吃了，谁来买俺的地瓜呢?”我无奈地提番薯回家，把番薯袋子丢在地上，一个番薯从袋口跳出来，破了，露出其中的鲜红血肉。这些无知的番薯，为何经过卅年，心还是红的！不肯改一点颜色?

老人和父亲生长在不同背景的同一个年代，他们在颠沛流离的大时代里，只是渺小而微不足道的人，可能只有那破了皮的红心番薯才能记录他们心里的颜色；那颜色如清晨的番薯花，在晨曦掩映的云彩中，曾经欣欣地茂盛过，曾经以卑微的球根累累互相拥抱、互相温暖，他们之所以能卑微地活过人世的烽火，是因为在心底的深处有着故乡的骄傲。

站在阳台上，我看到父亲去年给我的红心番薯，我任意种在花盆中，放在阳台的花架上，如今，它的绿叶已经长到磨石子地上，甚至有的伸出阳台的栏杆，仿佛在找寻什么。每一丛红心番薯的小叶下都长出根的触须，在石地板久了，有点萎缩而干枯了。那小小的红心番薯竟是在找寻它熟悉的土地吧！因为土地，我想起父亲在田中耕种的背影，那背影的远处，是他从芦苇丛中远远走来，到很近的地方，花白的发，冒出了苇芒。为什么番薯的心还红着，父亲的发竟白了。

在我十岁那年，父亲首次带我到都市来，我们行经一片被拆除公寓的工地，工地堆满了砖块和沙石；父亲在堆置的砖块缝中，一眼就辨认出几片番薯叶子，我们循着叶子的茎络，终于找到一株几乎被完全掩埋的根，父亲说：“你看看这番薯，根上只要有土，它就可以长出来。”然后他没有再说什么，执起我的手，走路去饭店参加堂哥隆重的婚礼。如今我细想起来，那一株被埋在建筑工地的番薯，是有着逃难的身世，由于它的脚在泥土上，苦难也无法掩埋它，比起这些种在花盆中的番薯，它有着另外的命运和不同的幸福，就像我们远离了百年的战乱，住在看起来隐秘而安全的大楼里，却有了失去泥土的悲哀——伊娘咧！你竟住在无土的所在。

星空夜静，我站在阳台上仔细端凝盆中的红心番薯，发现它吸收了夜的露水，在细瘦的叶片上，片片冒出了水珠，每一片叶都沉默地小心地呼吸着。那时，我几乎听到了一个有泥土的大时代，上一代人的狂歌与低吟都埋在那小小的花盆，只有静夜的敏感才能听见。

期待父亲的笑

父亲躺在医院的加护病房里，还殷殷地叮嘱母亲不要通知远地的我，因为他怕我在台北工作担心他的病情。还是母亲偷偷叫弟弟来通知我，我才知道父亲住院的消息。

这是典型的父亲的个性，他是不论什么事总是先为我们着想，至于他自己，倒是很少注意。我记得在很小的时候，有一次父亲到凤山去开会，开完会他到市场去吃了一碗肉羹，觉得是很少吃到的美味，他马上想到我们，先到市场去买了一个新锅，买一大锅肉羹回家。当时的交通不发达，车子颠踬得厉害，回到家时肉羹已冷，且溢出了许多，我们吃的时候已经没有父亲所形容的那种美味。可是我吃肉羹时心血沸腾，特别感到那肉羹是人生难得，因为那里面有父亲的爱。

在外人的眼中，我的父亲是粗犷豪放的汉子，只有我们做子女的知道他心里极为细腻的一面。提肉羹回家只是一端，他不管到什么地方，有好的东西一定带回给我们，所以我童年时代，父亲每次出差回来，总是我们最高兴的时候。

他对母亲也非常的体贴，在记忆里，父亲总是每天清早就到市场去买菜，在家用方面也从不让母亲操心。这三十年来我们家都是由父亲上菜场，一个受过日式教育的男人，能够这样内外兼顾是很少见的。

父亲的青壮年时代虽然受过不少打击和挫折，但我从来没有看过父亲忧愁的样子。他是一个永远向前的乐观主义者，再坏的环境也不皱一下眉头，这一点深深地影响了我，我的乐观与韧性大部分得自父亲的身教。父亲也是个理想主义者，这种理想主义表现在他对生活与生命的尽力，他常说："事情总有成功和失败两面，但我们总是要往成功的那个方向走。"

由于他的乐观和理想主义，使他成为一个温暖如火的人，只要有他在就没有不能解决的事，就使我们对未来充满了希望。他也是个风趣的人，再坏的情况下，他也喜欢说笑，他从来不把痛苦给人，只为别人带来笑声。

小时候，父亲常带我和哥哥到田里工作，透过这些工作，启发了我们的智慧。例如我们家种竹笋，在我没有上学之前，父亲就曾仔细地教我怎么去挖竹笋，怎么看土地的裂痕，才能挖到没有出青的竹笋。二十年后我到竹山去采访笋农，曾在竹笋田里表演了一手，使得笋农大为佩服。其实我已二十年没有挖过笋，却还记得父亲教给我的方法，可见父亲的教育对我影响多么大。

由于是农夫，父亲从小教我们农夫的本事，并且认为什么事都应从农夫的观点出发。像我后来从事写作，刚开始的时候，父亲就常说："写作也像耕田一样，只要你天天下田，就没有不收成的。"他也常叫我不要写政治文章，他说："不是政治性格的人去写政治文章，就像种稻子的人去种槟榔一样，不但种不好，而且常会从槟榔树上摔下来。”他常教我多写些于人有益的文章，少批评骂人，他说：“对人有益的文章是灌溉施肥，批评的文章是放火烧山；灌溉施肥是人可以控制的，放火烧山则常常失去控制，伤害生灵而不自知。”他叫我做创作者，不要做理论家，他说：“创作者是农夫，理论家是农会的人。农夫只管耕耘，农会的人则为了理论常会牺牲农夫的利益。”

父亲的话中含有至理，但他生平并没有写过一篇文章。他是用农夫的观点来看文章，每次都是一语中的，意味深长。

有一回我面临了创作上的瓶颈，回乡去休息，并且把我的苦恼说给父亲听。他笑着说：“你的苦恼也是我的苦恼，今年香蕉收成很差，我正在想明年还要不要种香蕉，你看，我是种好呢？还是不种好？”我说：“你种了四十多年的香蕉，当然还要继续种呀！”

他说：“你写了这么多年，为什么不继续呢？年景不会永远坏的。”“假如每个人写文章写不出来就不写了，那么，天下还有大作家吗？”

我自以为在写作上十分用功，主要是因为我生长在世代务农的家庭。我常想：世上没有不辛劳的农人，我是在农家长大的，为什么不能像农人那么辛劳？最好当然是像父亲一样，能终日辛劳，还能利他无我，这是我写了十几年文章时常反躬自省的。

母亲常说父亲是劳碌命，平日总闲不下来，一直到这几年身体差了还时常往外跑，不肯待在家里好好地休息。父亲最热心于乡里的事，每回拜拜他总是拿头旗、做炉主，现在还是家乡清云寺的主任委员。他是那一种有福不肯独享、有难愿意同当的人。

他年轻时身强体壮，力大无穷，每天挑两百斤的香蕉来回几十趟还轻松自在。我最记得他的脚大得像船一样，两手摊开时像两个扇面。一直到我上初中的时候，他一手把我提起还像提一只小鸡，可是也是这样棒的身体害了他，他饮酒总不知节制，每次喝酒一定把桌底都摆满酒瓶才肯下桌，喝一打啤酒对他来说是小事一桩，就这样把他的身体喝垮了。

在六十岁以前，父亲从未进过医院，这三年来却数度住院，虽然个性还是一样乐观，身体却不像从前硬朗了。这几年来如果说我有什么事放心不下，那就是操心父亲的健康，看到父亲一天天消瘦下去，真是令人心痛难言。

父亲有五个孩子，这里面我和父亲相处的时间最少，原因是我离家最早，工作最远。我十五岁就离开家乡到台南求学，后来到了台北，工作也在台北，每年回家的次数非常有限。近几年结婚生子，工作更加忙碌，一年更难得回家两趟，有时颇为自己不能孝养父亲感到无限愧疚。父亲很知道我的想法，有一次他说："你在外面只要向上，做个有益社会的人，就算是有孝了。"

母亲和父亲一样，从来不要求我们什么，她是典型的农村妇女，一切荣耀归给丈夫，一切奉献都给子女，比起他们的伟大，我常觉得自己的渺小。

我后来从事报告文学，在各地的乡下人物里，常找到父亲和母亲的影子，他们是那样平凡、那样坚强，又那样的伟大。我后来的写作里时常引用村野百姓的话，很少引用博士学者的宏论，因为他们是用生命和生活来体验智慧，从他们身上，我看到了最伟大的情操，以及文章里最动人的质素。

我常说我是最幸福的人，这种幸福是因为我童年时代有好的双亲和家庭，我青少年时代有感情很好的兄弟姊妹；进入中年，有了好的妻子和好的朋友。我对自己的成长总抱着感恩之心，当然这里面最重要的基础是来自于我的父亲和母亲，他们给了我一个乐观、关怀、良善、进取的人生观。

我能给他们的实在太少了，这也是我常深自忏悔的。有一次我读到《佛说父母恩重难报经》，佛陀这样说：

> 假使有人，为于爹娘，手持利刀，割其眼睛，献于如来，经百千劫，犹不能报父母深恩。
>
> 假使有人，为于爹娘，亦以利刀，割其心肝，血流遍地，不辞痛苦，经百千劫，犹不能报父母深恩。
>
> 假使有人，为于爹娘，百千刀戟，一时刺身，于自身中，左右出入，经百千劫，犹不能报父母深恩……

读到这里，不禁心如刀割，涕泣如雨。这一次回去看父亲的病，想到这本经书，在病床边强忍着要落下的泪，这些年来我是多么不孝，陪伴父亲的时间竟是这样的少。

母亲也是，有一位也在看护父亲的郑先生告诉我："要知道你父亲的病情，不必看你父亲就知道了，只要看你妈妈笑，就知道病情好转，看你妈妈流泪，就知道病情转坏，他们的感情真是好。"为了看顾父亲，母亲在医院的走廊打地铺，几天几夜都没能睡个好觉。父亲生病以后，她甚至还没有走出医院大门一步，人瘦了一圈，一看到她的样子，我就心疼不已。

我每天每夜向菩萨祈求，保佑父亲的病早日康健，母亲能恢复以往的笑颜。

这个世界如果真有什么罪业，如果我的父亲有什么罪业，如果我的母亲有什么罪业，十方诸佛、各大菩萨，请把他们的罪业让我来承担吧，让我来背父母亲的业吧！

但愿，但愿，但愿父亲的病早日康复。以前我在田里工作的时候，看我不会农事，他会跑过来拍我的肩说：“做农夫，要做第一流的农夫；想写文章，要写第一流的文章；要做人，要做第一等人。”然后觉得自己太严肃了，就说：“如果要做流氓，也要做大尾的流氓呀！”然后父子两人相顾大笑，笑出了眼泪。

我多么怀念父亲那时的笑。

也期待再看父亲的笑。

篇三：行走在人间

童年过火的记忆像烙印一般影响了我整个生命的途程，日后我遇到人生的许多事都像过火一样，在启步之初，我们永远不知道能否安全抵达火毡的那一端，我们当然不敢相信有火神，我们会害怕、会无所适从、会畏惧受伤，但是人生的火一定要过、情感的火要过、欢乐与悲伤的火要过，沉定与激情的火要过，成功与失败的火要过。

这个世界，我看见了

我对街头林立的 MTV 商店有一种微微的痛恨，尤其是这两天又发现家附近一家 MTV 正在装潢，连对街的两家，这仅仅五十公尺长的街道就开了三家 MTV。在更繁荣的地区更不止了，我一次沿忠孝东路散步，从复兴南路到光复南路随意算了一下，MTV 竟上百家，真是不可思议的数目。我对本来不怎么好的东西蔓延得很厉害总感到痛恨，对 MTV 也不例外。

我的一些朋友知道我对 MTV 的恨意，都意见一致地取笑我，第一个取笑是说我已经有点老了，老到无法接受这社会的新事物，MTV 是年轻人的专利，当然我看不惯。第二个取笑是说我的道德观太强，已经与这个社会格格不入，而道德在现代社会不值一分钱。第三个取笑是说我不理解年轻人的无聊与苦闷，应该花更多时间来参与青年的活动。

朋友的批评非常的诚意，我也感到应该有所反省，确实，在这个混乱的社会里，我的道德观似乎太强烈和保守了，这种仿佛于“上一代”的道德观使我就好像一个老人。

把感官与思想全部封住

不过，我对MTV的反对，并不因于我的老或我的道德观，虽然MTV过去曾发生过许多社会问题，这些却不是我反对的焦点。我最反对MTV的是，它是一个封闭的空间，又面对一个封闭的画面，我们试想，一个年轻人到了MTV，就是把自己的感官与思想全封锁在一个狭小的空间，如果不幸的他爱上MTV，天天都去看几个小时，他的人格与视野将会受到多么大的影响？更不幸的是，如果他爱看的是一些色情暴力的影片，则心灵与健康都会受到多么大的戕害？

不只是MTV，我对电视都是反对的，我曾写过一篇文章，题名是《侏儒化的世界》，就是反电视的。我认为长时期看电视会使人成为心灵的侏儒，如果全国的儿童与青少年每天看几个小时的电视，这个国家将来就全是庸俗的人，因为看电视会使我们的社会失去沉思者与创造者，其影响之深远是难以估量的。

看电视会使人得到“心灵侏儒症”，已经由世界上许多学者所证实，只是我似乎比他们更忧心一些，那是因为在我们这个国家，对“电视”这个东西不像外国有检讨与反制的力量，我们的电视几乎是为所欲为的。我们知道，儿童与青少年学生看电视的时间通常是从下午放学到晚上八点档连续剧结束，想想看，我们的电视在这段时间里提供了什么呢？

五点后是日本气味的杀伐暴力的卡通片，里面有杀人不眨眼的战士与心灵丑恶的怪物在那里做永无休止的争战；六点后是天天看也得不到一点启发的综艺节目，六点半后是彻底扭曲台湾乡土的闽南语节目与千篇一律的歌仔戏。最可怕的是，八点档的连续剧，几乎看不到一个有诚意有智慧的戏，一台是幼稚的神怪，一台是没有人性的大家族情仇，一台是充满情欲与堕落的所谓文艺爱情戏，然后他们全部宣称自己是收视率第一。

青少年与儿童长期受这样的电视濡染，心灵的狭小是可以想见的，对于我们的电视，我用两个字来形容，就是“反智”。

阳光下有许多地方可去

电视如此，MTV更可忧虑了。

想想，一只小鸟如果长时间躲在它狭小和黑暗的窝巢里，它长大会是什么样子呢？长期看电视和MTV的青少年正是如此。

我所反对的MTV或电视的理由，其实来自于一个更深刻的理念，就是反对封闭而黑暗、狭小而浮浅的空间，以及反对一个年轻人把生命埋葬在里面。我也反对像酒家、茶室、卡拉OK、电动玩具店、啤酒屋、三温暖、地下舞厅、黑漆漆的咖啡室这些地方，这些灯光黑暗、欲望充斥之地，会使一个青春的生命在无形中腐蚀了。

有人也许会问我：“你全反对这些，那么年轻人有什么可以玩呢？”

好像年轻人除了在黑房子里玩乐之外，没有地方可去一样，其实，阳光下正有许多地方可去，或山或水，或平原或海边，或者只是在公园里散步，在红砖道上注视人群，也总是比在黑房子里要好一些。

我们时常在形容年轻人时说，“年轻是生命的春天”，“年轻人是朝阳”，“年轻是盛放的花朵”，而我们也常把青春岁月说成是“黄金岁月”，可是我们想一想，哪有春天与朝阳是关在一个小房子甚至小荧幕里的？哪有花朵与黄金放在黑房子里不黯然失色的？

所以，把生命埋在类似MTV这样的地方是不是很可悲？

我觉得这个时代的年轻人还另有可悲的地方，不知道为什么现在一般的青年分成两派，一派是“乖乖派”，一派是“享乐派”。“乖乖派”的青年每天在乎的是学校的功课，在乎考几分，每天的日子最大的意义就是在应付考试，好像一辈子就要那样考下去。“享乐派”则是每天在MTV、地下舞厅、咖啡屋出入，他们追求官能的享受与欲望的刺激，让青春成为毫无顾忌享乐的同义词。这种分野在都市青年身上特别容易看出来。

不管是哪一派，我想都应该认识到青春是有限的，年轻是一种很容易失去的东西，而且总是在不知不觉中就失去了。把所有时间花在读教科书和考试的青年，会失去青春的许多梦想与美好的日子，他们也很容易在考试的压力里失去对生命美好的信心，其实，考试时差几分有什么要紧呢？而把大部分时间用来享乐、放浪无度的青年，到中年以后就会支付很大的代价，那代价的利息非常高昂，可能是正值青春的人难以想象的。

张开我们的眼睛吧！

那么我们应该如何面对我们的青春岁月呢？

我想，最重要的是培养一个开放的心灵，其次是注视这个世界，再次是关心社会与人群，最后则要有追求理想生命的壮怀。这些，都必须从书本抬起头来、从封闭的黑房子走出来，看看这个社会、这个世界，想想人群的苦乐、人群的未来。综合地来说，就是要以开放与关怀的心来正视世界、追求理想。

亲爱的亮亮，我们在青年时代可能还没有能力来贡献世界，不过，我们是有能力来关心世界、正视世界的，唯有对这个世界有了解与关心，将来我们的生命才会有着力的地方；唯有能看清世界、体贴世界的人，在走过青春的波涛时，往后回顾才能无怨无悔。

现在在青年间最流行的一句广告词是“我有话要说”，可是如果我们不真情地注视世界，真正让我们说话，一定也说不出什么有智慧的话。因此，“我有话要说”的背景必须落实在对人性对世界的认识，才能说得出口，说得理直气壮。另外的两句广告词是“我就是年轻”“年轻不要留白”，同样也应该站在这个基础才有意义。

亮亮，我的青春生活虽然没有什么可资歌颂的，但是我可以这样说：“这个世界，我看见了。”

张开我们的眼睛、张开我们的心吧！

因为，青春是这样的有限！

卡其布制服

过年的记忆，对一般人来说当然都是好的，可是当一个人无法过一个好年的时候，过年往往比平常带来更深的寂寞与悲愁。

有一年过年，当我听母亲说那一年不能给我们买新衣新鞋，忍不住跑到院子里靠在墙砖上哭了出声。

那一年我十岁，本来期待着在过年买一套新衣已经期待了几个月。在那个年代，小孩子几乎是没有机会穿新衣的，我们所有的衣服鞋子都是捡哥哥留下的，唯一的例外是过年，只有过年时可以买新衣服。

其实新衣服也不见得是漂亮的衣服，只是买一件当时最流行的特多龙布料制服罢了。但即使这样，有新衣服穿是可以让人兴奋好久的，我到现在都可以记得当时穿新衣服那种颤抖的心情，而新衣服特有的棉香气息，到现在还依稀留存。

在乡下，过年给孩子买一套新制服竟成为一种时尚，过年那几天，满街跑着的都是特多龙的卡其制服，如果没有买那么一件，真是自惭形秽了。差不多每一个孩子在过年没有买新衣，都要躲起来哭一阵子，我也不例外。

那一次我哭得非常伤心，后来母亲跑来安慰我，说明为什么不能给我们买新衣的原因。因为那一年年景不好，收成抵不上开支，使我们连杂货店里日常用品的欠债都无法结清，当然不能买新衣了。

我们家是大家庭，一家子有三十几口，那一年尚未成年的兄弟姊妹就有十八个，一人一件新衣，就是最廉价的，也是一大笔开销。

那一年，我们连年夜饭都没吃，因为成年的男人都跑到外面去躲债了，一下子是杂货店、一下子是米行、一下子是酱油店跑来收账，简直一点解决的方法也没有，那些人都是殷实的小商人，我们家也是勤俭的农户，但因为年景不好，却在除夕那天相对无言。

当时在乡下，由于家家户户都熟识，大部分的商店都可以赊欠的，每半年才结算一次，因此过年前几天，大家都忙着收账，我们家人口众多，每一笔算起来都是不小的数目，尤其在没有钱的时候，听来更是心惊。

有一个杂货店老板说：“我也知道你们今年收成不好，可是欠债也不能不催，我不催你们，又怎么去催别人呢？”

除夕夜，大人到半夜才回到家来，他们已经到山上去躲了几天，每个人都是满脸风霜，沉默不言，气氛非常僵硬。依照习俗，过年时的欠债只能催讨到夜里子时，过了子时就不能讨债，一直要到初五“隔开”时，才能再上门要债。爸爸回来的时候，我们总算松了一口气，那时就觉得，没有新衣服穿也不是什么要紧，只要全家人能团聚也就好了。

第二天，爸爸还带着我们几个比较小的孩子到债主家拜年，每一个人都和和气气，仿佛没有欠债的那一回事，临走时，他们总是说：

“过完年再来交关吧！”

对于中国人的人情礼义，我是那一年才有一些些懂了，在农村社会，信用与人情都是非常重要的，有时候不能尽到人情，但由于过去的信用，使人情也并未被破坏。当然，类似“跑债”的行为，也只反映了人情的可爱，因为在双方的心里，其实都知道那一笔债是不可能跑掉的。土地在那里，亲人在那里，乡情在那里，都是跑不掉的。

对生活在都市里的、冷漠的现代人，几乎难以想象三十年前乡下的人情与信用，更不用说对过年种种的知悉了。

对农村社会的人，过年的心比过年的形式重要得多。记得我小时候，爸爸在大年初一早上到寺庙去行香，然后去向亲友拜年，下午他就换了衣服，到田里去巡田水，并看看作物生长的情况，大年初二也是一样，就是再松懈，也会到田里走一两回，那也不尽然是习惯，而是一种责任，因为，如果由于过年的放纵，使作物败坏，责任要如何来担呢？

所以心在过年，行为并没有真正地休息。

那一年过年，初一下午我就随爸爸到田里去，看看稻子生长的情形，走累了，爸爸坐下来把我抱在他的膝上，说：“我们一起向上天许愿，希望今年风调雨顺、国泰民安，大家都有好收成。”我便闭起眼睛，专注地祈求上天，保佑我们那一片青翠的田地，许完愿，爸爸和我都流出了眼泪。我第一次感觉到人与天地有着深厚的关系，并且在许愿时，我感觉到愿望仿佛可以达成。

开春以后，家人都很努力工作，很快就把积欠的债务，在春天第一次收成里还清。

那一年的年景到现在仍然非常清晰，当时礼拜菩萨时点燃的香，到现在都还在流荡。我在那时初次认识到年景的无常，人有时甚至不能安稳地过一个年，而我也认识到，只要在坏的情况下，还维持人情与信用，并且不失去伟大的愿望，那么再坏的年景也不可怕。

如果不认识人的真实，没有坚持的愿望，就是天天过年，天天穿新衣，又有什么意思呢？

阅读故乡的一百个方法

故乡旗山一些热衷文化的朋友告诉我，他们正想尽各种办法要寻找有关故乡的老照片，将来在旗山小学的礼堂办一次大展览，并且最好可以出版成书，让镇民们都能看到百年来自己故乡的发展。

这个构想是由旗山地方报《蕉城月刊》主编江明树，和“蕉城画会”的林峰吉、林慧卿提出的，动机有几个：一是台湾乡村长久以来人口流失严重，年轻人都向往着到都市讨生活，不知道自己的故乡其实是很美的，以旗山来说，至少可以找到一百个以上美不胜收的地方。二是文化历史的保存，旗山地区从清朝以来就很繁荣，留下了许多古迹，这些古迹在时代的改变中纷纷被拆除，我们应该把尚存的记录下来，把已毁坏的原貌展现给大家知道。

在闲聊中，我就提出一个建议，何不征求一百张老照片，然后在老照片的同一个地方、同一个角度，拍一张现在的彩色照片，加一些说明，这样可以加强它的社会性和经济性，看清楚一个小镇是如何变迁的。

心直口快的江明树就说：“那么，书名可以叫作《日落旗山镇》

或《没落的旗山镇》了。”明树兄是非常热情的人，他时常为小镇的人才没落、文化凋零而感到郁卒。

林峰吉插嘴说：“那不行，咱凭良心讲，在某方面来说，旗山还是很不错的，并不一定只有旧的东西才好。像从前妈祖庙口都是摊贩和违章建筑，现在都拆干净了，多么棒，现在还是有比以前清爽的所在。”峰吉兄是“蕉城画会”的健将，美术系毕业，他多年来的志向就是要用笔表现旗山的美，在他笔下的故乡旗山优美无比，看了往往令人震动不已。

“峰吉兄这样讲也有理，”林慧卿说，“我们除了怀旧，也要展望，让大家知道我们旗山也是很有发展的。最好是旧照片也美，新照片也美。”慧卿兄是我初中的同学，他也是立志要画旗山的画家，不过，他的画风没有像峰吉那么甜美，而是非常纠结苦闷，与他本人温文尔雅形成很强的对比，我在看他的画时，总感觉他在内心深处有一块不为人知的、敏感而忧郁的角落。

“你的意见怎么样?”他们问我。

我想，对于故乡，那是不可取代的，我们做这件事，一定要自己真正出自爱故乡，并且希望大家也都来爱自己的故乡。爱故乡是没有问题的，但是很多人不知道故乡美在何处，或只知道三五处。如果能找出一百处，那真的是太棒了。

我说：“这本书应该叫作《阅读故乡的一百个方法》，或叫作《阅读旗山的一百个方法》，我们把一百个旗山最美的场景找出来，分头去找老照片，然后找旗山土生土长的摄影家从老照片的角度去拍一张，这样就会做出一本很有趣的书了。”

大家听了都很开心，表示同意，要立即着手去进行。这时，欧雪贞小姐来了，欧小姐是我旗山小学的学妹，现在定居在美国乡间，回来过暑假，听说大家有“大事商议”，特地来参加。

我们把刚刚的谈话转述了一次，如此如此，这般这般，请她表达一点意见。她说：“如果比清洁、卫生、美丽、芳草鲜美，我们旗山是绝对比不上美国的乡间小镇的，但是每年一到放假，我就急着要回来，因为感情是不可取代的，并且每次回来，就看到故乡一些美好的事物，是以前所看不到的。”

故乡的美应该是可确定的，老辈的人常说“落叶归根”，那不是说回故乡度晚年等死的意思，而是莫忘本，每一片落叶都不忘记自己的本来之处。落叶犹且如此，树上的新芽当然更不应该忘了。

主意既定，去何处找老照片呢？大家七嘴八舌地想到，小学、中学、镇公所、地政事务所、糖厂、杉林管理处、邮局等等，相信这些地方的资料室一定有许多老照片。然后，明树兄还表示要做地毯式的搜索，挨家挨户请大家提供老照片出来，等老照片完整，要拍新的照片就容易了。

正当我们热烈讨论的时候，突然听到有人高叫我的名字，因为慧卿兄家的电话和门铃都坏了，出去开门，原来是大哥跑来找我，他满头大汗、气急败坏的样子使我们大吃一惊。

原来这时已经是半夜一点了，大哥的女儿和我的儿子相约出来找我回去，尚未回家，大哥的车子被我开走了，他只好步行小路前来，才会满头大汗，他着急地说：“有没有看到士琦和亮言？”

这下轮到我着急了，立刻把阅读故乡的一百个方法抛在脑后，和大哥开车满街找孩子，找到一点半才颓然而返，这时乡间显得分外的宁静和清冷。

回家告诉妈妈孩子走失了。

妈妈虽然心焦，依然老神在在，说：“他们都知道路，小孩子腿慢，再等一下就会回来了。”

果然，没过多久就听见敲门声，两个小朋友欢天喜地地回来了，说是乡间半夜的萤火虫好美，满田满树的。幸好有月光照着小路，他们才可以沿着月光走回家。那铁路旁高大的芒果树是黑夜的地标，使他们知道家的方向。

此时凌晨两点，我和哥哥都松了一口气，不过还是装模作样地叫两个小子去罚跪，半夜十二点还跑出去，是太无规矩了。

没多久，又听见他们的笑声，原来是被祖母解救了，怪不得儿子常说：“阿妈是我们的救命恩人。”

我坐在书桌前想把阅读故乡的一百个方法企划写出来，现在可以说有一百零一个方法了，就是在乡下，孩子走失了，不会像城市那么担心。

秘密的地方

在我的故乡，有一弯小河。

小河穿过山道、穿过农田、穿过开满小野花的田原。晶明的河水中是累累的卵石，石上的水迈着不整齐的小步，响着淙淙的乐声，一直走出我们的视野。

在我童年的认知里，河是没有归宿的，它的归宿远远地看，是走进了蓝天的心灵里去。

每年到了孟春，玫瑰花盛开以后，小河淙淙的乐声就变成响亮的欢歌。那时节，小河成为孩子们最快乐的去处，我们时常沿着河岸，一路闻着野花草的香气散步，有时候就跳进河里去捉鱼摸蛤，或者沿河插着竹竿钓青蛙。

如果是雨水丰沛的时候，小河低洼的地方就会形成一处处清澈的池塘，我们跳到里面去游水，等玩够了，就爬到河边的堤防上晒太阳，一直晒到夕阳从远山的凹口沉落，才穿好衣服回家。

那条河，一直是我们居住的村落人家赖以维生的所在，种稻子的人，每日清晨都要到田里巡田水，将河水引到田中；种香蕉和水果的人，也不时用马达将河水抽到干燥的土地；那些种青菜的人，更依着河边的沙地围成一畦畦的菜圃。

妇女们，有的在清晨，有的在黄昏，提着一篮篮的衣服到河边来洗涤，她们排成没有规则的行列，一边洗衣一边谈论家里的琐事，互相做着交谊，那时河的无言，就成为她们倾诉生活之苦的最好对象。

在我对家乡的记忆里，故乡永远没有旱季，那条河水也就从来没有断过，即使在最阴冷干燥的冬天，河里的水消减了，但河水仍然像蛇一样，轻快地游过田野的河岸。

我几乎每天都要走过那条河，上学的时候我和河平行着一路到学校去，游戏的时候我们差不多都在河里或河边的田地上。农忙时节，我和爸爸到田里去巡田水，或用麻绳抽动马达，看河水抽到蕉园里四散横流；黄昏时分，我也常跟母亲到河边浣衣。母亲洗衣的时候，我就一个人跑到堤防上散步，踮起脚跟，看河的尽头到底是在什么地方。

我爱极了那条河，不知道为什么，在那个封闭的小村镇里，我一注视着河，心灵就仿佛随着河水，穿过田原和市集，流到不知名的远方——我对远方一直是非常向往的。

大概是到了小学三年级的时候吧，学校要举办一次远足，促使我有了沿河岸去探险的决心。我编造一个谎言，告诉母亲我要去远足，请她为我准备饭盒；告诉老师我家里农忙，不能和学校去远足。第二天清晨，我带着饭盒从我们家不远处的河段出发，那时我看到我的同学们一路唱着歌，成一路纵队，出发前往不远处的观光名胜。

我心里知道自己的年纪尚小，实在不宜于一个人单独去远地游历，但是我盘算着，和同学去远足不外是唱歌玩游戏，一定没有沿河探险有趣，何况我知道河是不会迷失方向的，只要我沿着河走，必然也可以沿着河回来。

那一天阳光格外明亮，空气里充满了乡下田间独有的草香，河的两岸并不如我原来想象的充满荆棘，而是铺满微细的沙石；河的左岸差不多是沿着山的形势流成的，河的右岸边缘正是人们居住的平原，人的耕作从右岸一直拓展开去，左岸的山里则还是热带而充满原始气息。蒲公英和银合欢如针尖一样的种子，不时从山上飘落在河中，随河水流到远处去。我想这正是为什么不管在何处都能看到蒲公英和银合欢的原因吧！

对岸山里最多的是相思树，我是最不爱相思树的，总觉得它们树干长得畸形，低矮而丑怪，细长的树叶好像也永远没有规则，可是不管喜不喜欢，它正沿路在和我打着招呼。

我就那样一面步行，一面欣赏风景，走累了，就坐在河边休息，把双脚放泡在清凉的河水里。走不到一个小时，我就路经一个全然陌生的市镇或村落，那里的人和家乡的人打扮一样，他们戴着斗笠，卷起裤脚，好像刚刚从田里下工回来。那里的河岸也种菜，浇水的农夫看到我奇怪地走着河岸，都亲切地和我招呼，问我是不是迷失了路。我告诉他们，我正在远足，然后就走了。

再没有多久，我又进入一个新的村镇，我看到一些妇女在河旁洗衣，用力地捣着衣服，甚至连姿势都像极了我的母亲。我离开河岸，走进那个村镇，彼时我已经识字了，知道汽车站牌在什么地方，知道邮局在什么地方，我独自在陌生的市街上穿来走去。看到这村镇比我居住的地方残旧，街上跑着许多野狗，我想，如果走太远赶不及回家，坐汽车回去也是个办法。

我又再度回到河岸前行，然后我慢慢发现，这条河的右边大部分都被开垦出来了，而且那些聚落里的人民都有一种相似的气质和生活态度，他们依靠这条河生活，不断地劳作，并且群居在一起，互相依靠。我一直走到太阳往西偏斜，一共路过八个村落和城镇，觉得天色不早了，就沿着河岸回家。

因为河岸没有荫蔽，回到家我的皮肤因强烈的日炙而发烫，引得母亲一阵抱怨："学校去远足，怎么走那么远的路？"随后的几天，同学们都还在远足的兴奋情绪里絮絮交谈，只有我没有什么谈话的资料，但是我的心里有一个秘密的地方——就是那条小河，以及河两岸的生命。

后来的几年里，我经常做着这样的游戏，沿河去散步，并在抵达陌生村镇时在里面溜达嬉戏，使我在很年幼的岁月里，就知道除了我自己的家乡，还有许多陌生的广大天地，它们对我的吸引力大过于和同学们做无聊而一再重复的游戏。

日子久了，我和小河有一种秘密的情谊，在生活里受到挫败时总是跑到河边去和小河共度；在欢喜时，我也让小河分享。有时候看着那无语的流水，真能感觉到小河的沉默里有一股脉脉的生命，它不但以它的生命之水让沿岸的农民得以灌溉他们的田原，也能慰安一个成长中的孩子，让我在挫折时有一种力量，在喜悦时也有一个秘密的朋友分享。笑的时候仿佛听到河的欢唱，哭的时候也有小河陪着低吟。

长大以后，常常思念故乡，以及那条贯穿其中的流水，每次想起，总像保持着一个秘密，那里有温暖的光源如阳光反射出来。

是不是别人也和我一样，心中有一个小时候秘密的地方呢？它也许是一片空旷的平野，也许是一棵相思树下，也许是一座大庙的后院，也许是一片海滩，或者甚至是一本能同喜怒共哀乐一读再读的书册……它们宝藏着我们成长的一段岁月，里面有许多秘密是连父母兄弟都不能了解的。

人人都是有秘密的吧！它可能是一个地方，可能是一段爱情，可能是不能对人言的荒唐岁月，那么总要有一个倾诉的对象，像小河与我一样。

有一天我路过外双溪，看到一条和我故乡一样的小河，竟在那里低徊不已。我知道，我的小河时光已经远远逝去了，但是我清晰地记住那一段日子，也相信小河保有着我的秘密。

过火

是冬天刚刚走过，春风蹑足敲门的时节，天气像是晨荷巨大叶片上浑圆的露珠，晶莹而明亮，台风草和野姜花一路上微笑着向我们招呼。

妈妈一早就把我唤醒了，我们要去赶一场盛会，在这次妈祖生日盛会里有一场过火的盛典，早在几天前我们就开始斋戒沐浴，妈妈常两手抚着我瘦弱的肩膀，幽幽地对爸爸说："妈祖生时要带他去过火。"

"火是一定要过的。"爸爸坚决地说，他把锄头靠在门侧，挂起了斗笠，长长叹一口气，然后我们没有再说什么话，就围聚起来吃着简单的晚餐。

从小，我就是个瘦小而忧郁的孩子，每天爬山涉水并没有使我的身体勇健，父母亲长期垦荒拓土的恒毅忍艰也丝毫没有遗传给我。

爸爸曾经为我做过种种努力，他一度希望我成为好猎人，每天叫我背着水壶跟他去打猎，我却常在见到山猪和野猴时吓得大哭失声，使得爸爸几度失去他的猎物，然后就撑着双管猎枪紧紧搂抱着我，他的泪水濡湿我的肩胛，喃喃地说："怎么会这样，怎么会生出这样的孩子……”

他又寄望我成为一个农夫，常携我到山里工作，我总是在烈日烧烤下昏倒在正需要开垦的田地里，也时常被草丛中窜出的毒蛇吓得屁滚尿流，爸爸不得不放下锄头跑过来照顾我。醒来的那一刻我总是听到爸爸长长而悲伤的叹息。

我也天天暗下决心要做一个男子汉，慢慢地，我变得硬朗了，爸妈也露出欣慰的笑容，可是他们的努力和我的努力一起崩溃了，在我孪生的弟弟七岁那年死的时候。

眼见到和自己一模一样的弟弟死去，我竟也像死去一半了，失去了生存的勇气，我变成一个失魄的孩子，每天眉头深结，形销骨立，所有的医生都看尽了，所有的补药都吃尽了，换来的仍是叹息和眼泪。

然后爸爸妈妈想到神明。想到神明好像一切希望都来了。

神明也没有医好我，他们又祈求十年一次的大过火仪式，可以让他们命在旦夕的儿子找到一闪生命的火光。

我强烈地惦怀弟弟，他清俊的脸容常在暗夜的油灯中清晰出来，他的脸是刀凿般深刻，连唇都有血一样的色泽。我们曾脐带相连地度过许多快乐和凄苦的岁月，我念着他，不仅因为他是我的兄弟，而是我们生命血肉的最根源处紧紧纠结。

弟弟的样貌和我一模一样，个性却不同，弟弟强韧、坚毅而果决，我是忧郁、畏缩而软弱，如果说爸爸妈妈是一间使我们温暖的屋宇，弟弟和我便是攀爬而上的两种植物，弟弟是充满霸气的万年青，我则是脆弱易折的牵牛，两者虽然交缠分不出面目，又是截然不同，万年青永远盎然充满炽盛的绿意，牵牛则常开满忧郁的小花。

刚上一年级，弟弟在上学的长途中常常负我涉水过河，当他在急湍的河水中苦涉时，我只能仰头看白云缓缓掠过。放学回家，我们要养鸡鸭，还要去割牧草，弟弟总是抢着做工，把割来的牧草与我对分，免得回家受到爸妈责备的目光。

弟弟也常为我的懦弱吃惊，每次他在学校里打架输了，总要咬牙恨恨地望我。有一回，他和班上的同学打架，我只能缩在墙角怔怔地看着，最后弟弟打输了，坐跌在地上，嘴角淌着细细的血丝，无限哀怨地凝睇着他无用的哥哥。

我撑着去扶他，弟弟一把推开我，狂奔出教室。

那时已是秋深了，相思树的叶子黄了，灰白的野芒草在秋风中杂乱地飞舞，弟弟拼命奔跑，像一只中枪惊惶而狂怒的白鼻心，要藉着狂跑吐尽心中的最后一口气。

“宏弟，宏弟。”

我嘶开喉咙叫喊。弟弟一口气奔到黑肚大溪，终于力尽了颓坐下来，缓缓地躺卧在溪旁，我的心凹凸如溪畔团团围住弟弟的乱石。

风，吹得很急。

等我气喘吁吁赶到，看见弟弟脸上已爬满了泪水，一张脸湿糊糊的，嘴边还凝结着褐暗色的血丝，脸上的肌肉紧紧地抽着，像是我们农田里用久了的帮浦。

我坐着，弟弟躺卧着，夕阳斜着，把我们的影子投照在急速流去的溪中。

弟弟轻轻抽泣很久，抬头望着天云万叠的天空，低哑着声音问：

“哥，如果我快被打死了，你会不会帮助我?”

之后，我们便紧紧相拥放声痛哭，哭得天都黄昏了，听见溪水潺潺，才一言不发走回家。

那是我和弟弟最后的一个秋天，第二年他便走了。

爸爸牵我左手，妈妈执我右手，在金光万道的晨曦中，我们终于出发了。一路上远山巅顶的云彩千变万化，我们对着阳光的方向走去，爸爸雄伟的体躯和妈妈细碎的步子伴随着我。

从山上到市镇要走两小时的山路，要翻过一座山涉过几条溪水，因为天早，一路上雀鸟都被我们的步声惊飞，偶尔还能看见刺竹林里松鼠忙碌地跳跃，我们没有说什么话，只是无声默默前行，一直走到黑肚大溪，爸爸背负我涉过水的对岸，突然站定，回头怅望迅即流去的溪水，隔了一会儿说：

“弟弟已经死了，不要再想他。”

“爸爸今天带你去过火，就像刚刚我们走水过来一样，你只要走过火堆，一切都会好转。”

爸爸看到我茫然的眼神，勉强微笑说：

“只不过是一个小小的火堆罢了。”

我们又开始赶路，我侧脸望着母亲手挽花布包袱的样子，她的眼睛里一片绿，映照出我们十几年垦拓出来的大地，两个眼睛水盈盈的。

我走得慢极了，心里只惦想着家里养的两只蓝雀仔，爸爸索性把我负在背上，愈走愈快，甚至把妈妈丢在远远的后头了。

穿过相思树林的时候，我看到远方小路尽头处有一片花花的阳光。

一个火堆突然莫名地闪过我的脑际。

抵达小镇的时候，广场上已经聚集了黑压压的人头，这是小镇十年一次的做醮，腾沸的人声与笑语嗡嗡地响动。我从架满肥猪的长列里走过，猪头张满了蹦起的线条，猪口里含着鲜新金橙色的橘子，被剖开肚子的猪仔们竟微笑着一般，怔怔地望着溢满欣喜的人群。

广场的左侧被清出一块光洁的空地，人们已经围聚在一起，看着空地上正猛烈燃烧的薪材，爸爸告诉我那些木材至少有四千斤，火舌高扬冲上了湛蓝的天空，在毕毕剥剥的材裂声中我仿佛听见人们心里狂热的呼喊，人人的脸蛋都烘成了暖滋滋的新红色。两个穿着整齐衣着的人手拿丈长的竹竿正挑着火堆，挑一下，飞扬起一阵烟灰，火舌马上又追了上来。

一股刚猛的热气扑到我脸上，像要把我吞噬了。妈妈拉我到怀中，说："不要太靠近，会烫到。"正在这时，广场对角的戏台咚咚呛呛地响起了锣鼓，扮仙开始，好戏就要开锣了。

咚咚呛呛，咚咚呛，柴火慢慢小了，剩下来的是一堆红通通的火炭，裂成大大小小一块块，堆成一座火热的炭山。我想起爸爸要我走火堆，看热闹的心情好像一下子被水浇灭了。

"司公来了！司公来了！"人群里响起一阵呼喊，壅塞的人群眼睛全望向相同的方向，一个身穿黑色道袍头戴黑色道帽的人走来，深浓的黑袍上罩着一件猩红色的绸缎披肩，黑帽上还有一粒鲜红色的帽粒。

人群让开一条路，那个又高又瘦的红头道士踏着八卦步一摇一摆地走进来，脸上像一张毫无表情的画像。

人们安静下来了。

我却为这霎时的静默与远处噪闹的锣鼓而微微地颤抖。

红头道士做法事的另一边，一个赤裸上身的人正颤颤地发抖，颤动的狂热使人群的焦点又注视着他，爸爸牵我依过去，他说那是神的化身，叫作童乩。

童乩吐着哇哇不清的语句，他的身侧有一个金炉和一张桌子，桌上有笔墨和金纸。他摇得太快，使我的眼睛花乱了，他提起笔在金纸上乱画一通，有圈、有钩、有直，我看不出那是什么。爸爸领了一张，装在我的口袋里，说可以保佑我过火平安，平安装在我的口袋里便可以安心去过火了。

呜——呜——呜！呜！

远远望去，红头道士正在木炭堆边念咒语，烟雾使他成为一个诡异的立体，他左手持着牛角号，吹出了低沉而令人惊撼的声音。右手的一条蛇头软鞭用力抽打在地上，发出啪啪的响声，鞭声夹着号角声，人人都被震慑住了。

爸爸说，那是用来驱赶邪鬼的。

后来，道士又拿来一个装了清水的碗和盛满盐巴的篮子，他含了一口水，噗一声喷在炭上，嗤——一阵水烟蒸腾起来，他口中喃喃，然后把一篮盐巴遍撒在火堆上。三乘小轿在火堆旁绕圈子，有人拿长竹竿把火堆铺成一丈长四尺宽的火毡，几个精壮的汉子用力拨开人群，口里高呼着："请闪开，过火就要开始了。"

三乘小轿越转越快，转得像飞轮一样。

妈妈紧紧抱我在怀中。

三乘小轿的轿夫齐声呼喝，便顺序跃上火毡，嗤一声，我的心一阵紧缩，他们跨着大步很快地从火毡上跑过去，着地的那一刻，所有人都从梦般的静默里惊呼起来，一些好事的人跑过去看他们的脚，这时，轿夫笑了。

“火神来过了，火神来过了。”许多人忍不住狂呼跳叫。

红头道士依然在火堆旁念着神秘的不可知的像响自远天深处的咒语。

过火的乡人们都穿着一式的汗衫短裤，露出黧黑而多毛的腿，一排排的腿竟像冒着白烟，蒸腾着生命的热气。

那些腿都是落过田水的，都是在炙毒的阳光和阴诈的血蛭中慢慢长成，生活的熬炼就如火炭一直铸着他们——他们那样的兴奋，竟有一点去赶市集一样，人人面对炭火总是有些惊惶，可是老天有眼，他们相信这一双肉腿是可以过火的。

十二月天，冷酸酸的田水，和春天火炙炙的炭火并没有不同，一个是生活的历练，一个是生命的经验，都只不过是农人与天运搏斗的一个节目。

轿子，一乘乘地采取同样的步姿，夸耀似的走过火堆。

爸爸妈妈紧紧牵着我，每当嗤的声音响起，我的心就像被铁爪抓紧一般，不能动弹。

司锣的人一阵紧过一阵地敲响锣鼓。

轿夫一次又一次将他们赤裸的脚踝埋入红艳艳的火毡中。

随着锣鼓与脚踝的乱蹦乱跳，我的心也变得仓皇异常，想到自己要迈入火堆，像是陷进一个恐怖的海上噩梦，抓不到一块可以依归的浮木。

一张张红得诡谲的玄妙的脸闪到我的眼睫来。

我抓紧爸妈微微渗汗的手，思及弟弟在天地的风景中永远消失的一幕，他的脸像被火烤焦的紫红色，头一偏，便魔呓也似的去了，床侧焚烧的冥纸耀动鬼影般的火光。

在火光的交叠中，我看到领过符的乡民一一迈步跨入火堆。

有的步履沉重，有的矫捷，还有仓皇跑过的。

我看到一位老人背负着婴儿走进火堆，他青筋突起的腿脚毫不迟疑地埋进火中，使我想起庙顶上红绿交糅的庄严画像。爸爸告诉我，那是他重病的小儿子，神明用火来医治他。

咚咚呛呛，咚咚呛。

远处的戏锣和近处的锣鼓声竟交缠不清了。

“阿玄，轮到你了。”妈妈用很细的声音说。

“我——我怕。”

“不要怕，火神来过了，不要怕。”

爸妈推着我就要往火堆上送。

我抬头望望他们，央求地说：“爸，妈，你们和我一起走。”

“不行。只有你领了符。”爸爸正色道。

锣声响着。

火光在我眼前和心头交错。

爸妈由不得我，硬把我架走到火堆的起点。

“我不要，我不要——”我大声嚎哭起来。

“走，走！”爸爸吼叫着。

我不要——

妈——

我跪了下来，紧紧抱住妈妈的腿，泪水使我什么都看不见了。

“没出息。我怎么会生出这种儿子，给我现世，今天你不走，我就把你打死在火堆上。”爸爸的声音像夏天午后的西北雨雷，嗡嗡响动，我抬头看，他脸上爬满泪水，重重把我摔在地上，跑去抢起道坛上的蛇头软鞭，啪一声抽在我身旁的地上，溅起一阵泥灰。

“我打死你！我打死你！林姓的祖先做了什么孽，生出这样的孩子，我打死你，让你去和那个讨债的儿子做堆！”我从来没有看过爸爸暴怒的面容，他的肌肉纠结着，头发扬散如一头巨狮。

“你疯了。”妈妈抢过去拦他，声音凄厉而哀伤。

红头道士、轿夫们、人群都拥过来抓住爸爸正要飞来的鞭子。

锣也停了。

爸爸被四个人牢牢抓住，他不说话，虎目如电穿刺我的全身。

四周是可怕的静寂。

我突然看见弟弟的脸在血红的火堆中燃烧，想起爸爸撑着猎枪掉泪的面影和他辛苦荷锄的身姿，我猛地站起，对爸爸大声说：“我走，我走给你看，今天如果我不敢走这火堆，就不是你的囡仔。”

锣声缓缓响起。

几千只目光如炬注视。

我走上了火堆。

第一步跨上去，一道强烈的热流从我脚底窜进，贯穿了我的全身，我的汗水和泪水全滴在火上，一声嗤，一阵烟。

我什么都看不见，仿佛陷进一个神秘的围城，只听到远天深处传来弟弟轻声的耳语：“走呀！走呀！”那是一段很短的路，而我竟完全不知它的距离，不知它的尽处，相思林尽头的阳光亮起，脚下的火也浑然或忘了。

踩到地的那一刻，土地的冰凉使我大吃一惊，唬——一声，全场的人都欢呼起来，爸爸妈妈早已等在这头，两个人抢抱着我，终于号啕地哭成一堆。打锣的人戏剧性地欢愉地敲着急速的锣鼓。

爸爸疯也似的紧抱我，像要勒断我的脊骨。

那一天，那过火的一天，我们快乐地流泪走回家。

到黑肚大溪，爸爸叫我独自涉水。

猛然间，我感到自己长大了。

童年过火的记忆像烙印一般影响了我整个生命的途程，日后我遇到人生的许多事都像过火一样，在启步之初，我们永远不知道能否安全抵达火毡的那一端，我们当然不敢相信有火神，我们会害怕、会无所适从、会畏惧受伤，但是人生的火一定要过、情感的火要过、欢乐与悲伤的火要过，沉定与激情的火要过，成功与失败的火要过。

我们不能退缩，因为我们要单独去过火，即使亲如父母，也有无能为力的时候。

白雪少年

我小学时代使用的一本汉语字典，被母亲细心地保存了十几年，最近才从母亲的红木书柜里找到。那本字典被小时候粗心的手指扯掉了许多页，大概是拿去折纸船或飞机了，现在怎么回想都记不起来，由于有那样的残缺，更使我感觉到一种任性的温暖。

更惊奇的发现是，在翻阅这本字典时，找到一张已经变了颜色的“白雪公主泡泡糖”的包装纸，那是一张长条的鲜黄色纸，上面用细线印了一个白雪公主的面相，于今看起来，公主的图样已经有一点粗糙简陋了。至于如何会将白雪公主泡泡糖的包装纸夹在字典里，更是无从回忆。

到底是在上语文课时偷偷吃泡泡糖夹进去的？是夜晚在家里温书吃泡泡糖夹进去的？还是有意地保存了这张包装纸呢？翻遍汉语字典也找不到答案。记忆仿佛自时空遁去，渺无痕迹了。

唯一记得的倒是那一种旧时乡间十分流行的泡泡糖，是粉红色长方形十分粗大的一块，一块五毛钱。对于长在乡间的小孩子，那时的五毛钱非常昂贵，是两天的零用钱，常常要咬紧牙根才买来一块，一嚼就是一整天，吃饭的时候把它吐在玻璃纸上包起，等吃过饭再放到口里嚼。

父亲看到我们那么不舍得一块泡泡糖，常生气地说："那泡泡糖是用脚踏车坏掉的轮胎做成的，还嚼得那么带劲!"记得我还傻气地问过父亲："是用脚踏车轮做的？怪不得那么贵!"惹得全家人笑得喷饭。

说是"白雪公主泡泡糖"，应该是可以吹出很大气泡的，却不尽然。吃那泡泡糖多少靠运气，记得能吹出气泡的大概五块里才有一块，许多是硬到吹弹不动，更多的是嚼起来不能结成固体，弄得一嘴糖沫，赶紧吐掉，坐着伤心半天。我手里的这一张可能是一块能吹出大气泡的包装纸，否则怎么会小心翼翼地夹做纪念呢？

我小时候并不是很乖巧的那种孩子，常常为着要不到两毛钱的零用就赖在地上打滚，然后一边打滚一边偷看母亲的脸色，直到母亲被我搞烦了，拿到零用钱，我才欢天喜地地跑到街上去，或者就这样跑去买了一个白雪公主，然后就嚼到天黑。

长大以后，再也没有在店里看过"白雪公主泡泡糖"，都是细致而包装精美的一片一片的"口香糖"；每一片都能嚼成形，每一片都能吹出气泡，反而没有像幼年一样能体会到买泡泡糖靠运气的心情。偶尔看到口香糖，还会想起童年，想起嚼白雪公主的滋味，但也总是一闪即逝，了无踪迹。直到看到汉语字典中的包装纸，才坐下来顶认真地想起白雪公主泡泡糖的种种。

如果现在还有那样的工厂，恐怕不再是用脚踏车轮制造，可能是用飞机轮子了——我这样游戏地想着。

那一本母亲珍藏十几年的汉语字典，薄薄的一本，里面缺页的缺页、涂抹的涂抹，对我已经毫无用处，只剩下纪念的价值。那一张泡泡糖的包装纸，整整齐齐，毫无毁损，却宝藏了一段十分快乐的记忆；使我想起真如白雪一样无瑕的少年岁月，因为它那样白那样纯净，几乎所有的事物都可以涵容。

那些岁月虽在我们的流年中消逝，但藉着非常非常微小的事物，往往一勾就是一大片，仿佛是草原里的小红花，先是看到了那朵红花，然后发现了一整片大草原，红花可能凋落，而草原却成为一个大的背景，我们就在那背景成长起来。

那朵红花不只是白雪公主泡泡糖，可能是深夜里巷底按摩人幽长的笛声，可能是收破铜烂铁老人沙哑的叫声，也可能是夏天里卖冰淇淋小贩的喇叭声……有一回我重读小学时看过的《少年维特的烦恼》，书里就曾夹着用歪扭字体写成的纸片，只有七个字："多么可怜的维特!"其实当时我哪里知道歌德，只是那七个字，让我童年伏案的身影整个显露出来，那身影可能和维特是一样纯情的。

有时候我不免后悔童年留下的资料太少，常想："早知道，我不会把所有的笔记簿都卖给收破烂的老人。"可是如果早知道，我就不是纯净如白雪的少年，而是一个多虑的少年了。那么丰富的资料原也不宜留录下来，只宜在记忆里沉潜，在雪泥中找到鸿爪，或者从鸿爪体会那一片雪。

这样想时，我就特别感恩着母亲。因为在我无知的岁月里，她比我更珍视我所拥有过的童年，在她的照相簿里，甚至还有我穿开裆裤的照片。那时的我，只有父母有记忆，对我是完全茫然了，就像我虽拥有白雪公主泡泡糖的包装纸，那块糖已完全消失，只留下一点甜意——那甜意竟也有赖母亲爱的保存。

枯萎的桃花心木

乡下老家前面，有一块三千坪的空地，租给人家种桃花心木的树苗。

桃花心木是一种特别的树，树形优美，高大而笔直，从前老家林场种了许多，但打从我出生识物时，林场的桃花心木已是高达数丈的成林，所以当我看到桃花心木仅及膝盖的树苗，有点难以相信自己的眼睛。

种桃花心木苗的是一个高大的人，他弯腰种树的时候，感觉就像插秧一样，不同的是，这是旱地，不是水田。

树苗种下以后，他总是隔几天才来浇水，奇怪的是，他来的天数并没有规则，有时三天，有时五天，有时十几天来一次。浇水的量也不一定，有时浇得多，有时浇得少。

我住在乡下时，天天都会在桃花心木苗的小路散步，种苗木的人偶尔会来家里喝茶，他有时早上来，有时下午来，时间也不一定。

我感到越来越奇怪。

更奇怪的是，桃花心木有时就莫名地枯萎了，所以，他来的时候总会带几株树苗来补种。

我起先以为他太懒，隔那么久才为树浇水。

但是，懒的人怎么会知道有几棵树枯萎了呢？

后来我以为他太忙，才会做什么事都不按规律。

但是，忙的人怎么可能行事那么从容呢？

我忍不住问他：到底是什么时间来？多久浇一次水？桃花心木为什么无缘无故会枯萎？如果你每天来浇水，桃花心木苗应该不会这么容易就枯萎吧？

种树的人笑了，他说：“种树不是种菜或种稻子，种树是百年的基业，不像青菜几个星期就可以采收。所以，树木自己要学会在土地里找水源，我浇水只是模仿老天下雨，老天下雨是算不准的，它几天下一次？上午或下午？一次下多少？如果无法在这种不确定中汲水生长，树苗很自然就枯萎了。但是，只要在不确定中找到水源、拼命扎根的树，长成百年的大树就不成问题了。”

种树的人语重心长地说：“如果我每天都来浇水，每天都定时浇一定的量，树苗就会养成依赖的心，根就会浮生在地表上，无法探入地底，一旦我停止浇水，树苗会枯萎得更多。幸而可以存活的树苗，遇到狂风暴雨，也是一吹就倒了。”

种树者言，使我非常感动，想到不只是树，人也是一样，在不确定中生活的人，比较经得起生命的考验。因为在不确定中，我们会养成独立自主的心，不会依赖。在不确定中，我们深化了对环境的感受与情感的觉知。在不确定中，我们学会把很少的养分转化为巨大的能量，努力生长。

生命的法则不可能那么固定、那么完美；因为固定和完美的法则，就会养成机械式的状态，机械式的状态正是通向枯萎、通向死亡之路。

当我听过种树的人关于种树的哲学，每天走过桃花心木苗时，内心总会有某些东西被触动，这些树苗正努力面对不确定的风雨，努力学习如何才能找到充足的水源，如何在阳光中呼吸，一旦它学会这些本事，百年的基业也就奠定了。

现在，窗前的桃花心木苗已经长得与屋顶等高，是那么优雅而自在，宣告着自主的生命。

种树的人不再来了，桃花心木也不会枯萎了。

河的感觉

一

秋天的河畔，菅芒花开始飞扬了，每当风来的时候，它们就唱一种洁白之歌，芒花的歌虽是静默的，在视觉里却非常喧闹，有时会见到一颗完全成熟的种子，突然爆起，向八方飞去，那时就好像听见一阵高音，哗然。

与白色的歌相应和的，还有牵牛花的紫色之歌，牵牛花瓣的感觉是那样柔软，似乎吹弹得破，但没有一朵牵牛花被秋风吹破。

这牵牛花整株都是柔软，与芒花的柔软互相配合，给我们的感觉是，虽然大地已经逐渐冷肃了，山河仍是如此清朗，特别是有阳光的秋天清晨，柔情而温暖。

在河的两岸，被刷洗得几乎仅剩砾石的河滩，虽然长有各种植物，却以芒花和牵牛花争吵得最厉害，它们都以无限的谦卑匍匐前进。偶尔会见到几株还开着绒黄色碎花的相思树，它们的根在沙石上暴露，有如强悍的爪子抓入土层的深处，比起牵牛花，相思树高大得像巨人一样，抗衡着沿河流下来的冷。

河，则十分沉静，秋日的河水浅浅地、清澈地在卵石中穿梭，有时流到较深的洞，仿佛平静如湖。

我喜欢秋天的时候到砾石堆中捡石头，因为夏日在河岸嬉游的人群已经完全隐去，河水的安静使四周的景物历历。

河岸的卵石，实在有一种难以言喻之美。它们长久在河里接受刷洗，比较软弱的石头已经化成泥水往下游流去，坚硬者则完全洗净外表的杂质，在河里的感觉就像宝石一样。被匠心磨去了棱角的卵石，在深层结构里的纹理，就会像珍珠一样显露出来。

我溯河而上，把捡到的卵石放在河边有如基座的巨石上接受秋日阳光的暴晒，准备回来的时候带回家。

连我自己都不能确知，为什么那样地爱捡石头，这里面一定有什么原因还没有被探触到。有时我在捡石头突然遇到陌生者，会令我觉得羞怯，他们总用质疑的眼光看着我这异于常人的举动。或者当我把石头拾回，在庭院前品察，并为之分类的时候，熟识的乡人也会以一种似笑非笑的眼光看我，一个人到了三十六岁还有点像孩子似的捡石头，连我自己也感到迷思。

那不纯粹是为了美感，因为有一些我喜爱的石头经不起任何美丽的分析，只是当我在河里看到它时，它好像漂浮在河面，与别的石头都不同。那感觉好像走在人群中突然看见一双仿佛熟识的眼睛，互相闪动了一下。

我不只捡乡间河畔的石头，在国外旅行时，如果遇到一条河，我总会捡几粒石头回来做纪念。例如有一年我在尼罗河捡了一袋石头回来摆在案前，有人问起，我总说："这是尼罗河捡来的石头。"那人把石头来回搓揉，然后说："尼罗河的石头也没有什么嘛！"

石头捡回来，我很少另做处理，只有一次是例外，我在垦丁海岸捡到几粒硕大的珊瑚礁石，看出它原是白色的，却蒙上灰色的风尘，我就用漂白水泡了三天三夜，使它洁白得像在海底看见的一样。

我还有一些是在沙仑淡水河口捡到的石头，是纯黑的，隐在长着虎苔的大石缝中，同样是这岛上的石头，有的纯白，有的玄黑，一想到，就觉得生命颇有迷离之感。

我并不像一般的捡石者，他们只对石头里浮出的影像有兴趣，例如石上正好有一朵菊花、一只老鼠，或一条蛇，我的石头是没有影像的，它们只是记载了一条河的某些感觉，以及我和那条河相会面的刹那。但偶尔我的石头会出现一些像云、像花、像水的纹理，那只是一种巧合，让我感觉到石头在某个层次上是很柔软的，这种坚强中的柔软之感，使我坚信，在最刚强的人心中，我们必然也可看见一些柔软的纹理，里面有着感性与想象，或者梦一样的东西。

在我的书桌上、架子上，甚至地板上到处都堆着石头，有时在黑夜开灯，觉得自己正在河的某一处激流里，接受着生命的冲刷。

那样的感觉好像走在人群中突然看见一双仿佛熟识的眼睛，互相闪动了一下。

二

走在人群中看见熟识的眼睛，互相地闪动，常常让我有河的感觉。

在最繁华的忠孝东路，如果我回来居住在台北的时候，我会沿着永吉路、基隆路，散步到忠孝东路去。我喜欢在人群里东张西望，或者坐在有玻璃大窗的咖啡店旁边，看着流动如河的人群。虽然人是那样拥挤，却反而给我一种特别的宁静之感，好像秋日的河岸。

对人群的静观，使我不至于在枯木寒灰的隐居生活中沦入空茫的状态。我知道了人心的喧闹，人间的匆忙，以及人是多么渺小有如河里的一粒卵石。

我是多么喜欢观察人间的活动，并且在波动的混乱中找寻一些美好的事物，或者说找寻一些动人的眼睛。人的眼睛是五官中最会说话的，它无时无刻不表达着比嘴巴还要丰富的语言，婴儿的眼睛纯净，儿童的眼睛好奇，青年的眼睛有叛逆之色，情侣的眼睛充满了柔情，主妇的眼睛充满了分析与评判，中年人的眼睛沉稳浓重，老年人的眼睛，则有历经沧桑后的一种苍茫。

与其说我是在杂沓的城市中看人，还不如说我在寻找着人的眼睛，这也是超越了美感的赏析的态度，我不太会在意人们穿什么衣裳，或者在意现在流行什么，或者什么人是美的或丑的，回到家里，浮现在我眼前的，总是人间的许许多多眼神，这些眼神，记载了一条人的河流的某些感觉，以及我和他们相会的刹那。

有时，见到两个人在街头偶然相遇，在还没有开口说话之前，他们的眼神就已经先惊呼出声，而在打完招呼错身而过时，我看见了眼里的轻微的叹息。

我们要了解人间，应该先看清众生的眼睛。

有一次，在统领百货公司的门口，我看到一位年老的婆婆带着一位稚嫩的孩子，坐在冰凉的磨石地板上乞讨，老婆婆俯低着头，看着眼前的一个装满零钱的脸盆，小孩则仰起头来，有一对黑白分明的眼睛，滴溜溜转着，看着从面前川流而过的人群。那脸盆前有一张纸板，写着双目失明的老婆婆家里沉痛的灾变，她是如何悲苦地抚育着唯一的孙子。

我坐在咖啡厅临窗的位置，却看到好几次，每当有人丢下整张的钞票，老婆婆会不期然地伸出手把钞票抓起，匆忙地塞进黑色的袍子里。

乞讨的行为并不令我心碎，只是让我悲悯，当她把钞票抓起来的那一刹那，才令我真正心碎了。好眼睛的人不能抬眼看世界，却要装成失明者来谋取生存，更让人觉得眼睛是多么重要。

这世界有许多好眼睛的人，却用心把自己的眼睛蒙蔽起来，周围的广告牌上写着“深情推荐”“折扣热卖”“跳楼价”“最心动的三折”等等，无不是在蒙蔽我们的眼睛，让我们心的贪婪伸出手来，想要占取这个世界的便宜，就好像卵石相碰的水花，这世界的便宜岂是如此容易就被我们侵占？

人的河流里有很多让人无奈的世相，这些世相益发令人感到生命之悲苦。

有一个问卷调查报告，青少年十大喜爱的活动，排在第一位的竟是“逛街”，接下来是“看电影”“游泳”。其实，这都是河流的事，让我看见了，整个城市这样流过来又流过去，每个人在这条河流里游泳，每个人扮演自己的电影，在过程中茫然地活动，并且等待结局。

最好看的电影，结局总是悲哀的，但那悲哀不是流泪或者号啕，只是无奈，加上一些些茫然。

有一个人说，城市人擦破手，感觉上比乡下人擦破手还要痛得多。那是因为，城市里难得有破皮流血的机会，为什么呢？因为人人都已是一粒粒的卵石，足够的圆滑，并且知道如何来避免伤害。

可叹息的是，如果伤害是来自别人、来自世界，总可以找到解决的方法，但城市人的伤害往往来自无法给自己定位，伤害到后来就成为人情的无感，所以，有人在街边乞讨，甚至要伪装盲者才能唤起一丁点的同情，带给人的心动，还不如“心动的三折”。

这往往让人想到溪河的卵石，卵石由于长久地推挤，它只能互相地碰撞，但河岸的风景、水的流速、季节的变化，永远不是卵石关心的主题。

因此，城市里永远没有阴晴与春秋，冬日的雨季，人还是一样渴切地在街头流动。

你流过来，我流过去，我们在红灯的地方稍作停留，步过人行道，在下一个绿灯分手。

“你是哪里来的？”

“你将要往哪里去？”

没有人问你，你也不必回答。

你只要流着就是了，总有一天，会在某个河岸搁浅。

没有人关心你的心事，因为河水是如此湍急，这是人生最大的悲情。

三

河水是如此湍急，这是人生最大的悲情。

我很喜欢坐船。如果有火车可达的地方，我就不坐飞机，如果有船可坐，我就不搭火车。那是由于船行的速度，慢一些，让我的心可以沉潜；如果是在海上，船的视界好一些，使我感到辽阔：最要紧的是，船的噗噗的马达声与我的心脏和鸣，让我觉得那船是由于我心脏的跳动才开航的。

所以在一开航的刹那，就自己叹息：

呀！还能活着，真好！

通常我喜欢选择站在船尾的地方，在船行过处，它掀起的波浪往往形成一条白线，鱼会往波浪翻涌的地方游来，而海鸥总是逐波飞翔。

船后的波浪不会停留太久，很快就会平复了，这就是“船过水无痕”，可是在波浪平复的当时，在我们的视觉里它好像并未立刻消失，总还会盘旋一阵，有如苍鹰盘飞的轨迹，如果看一只鹰飞翔久了，等它遁去的时刻，感觉它还在那里绕个不停，其实，空中什么也不见了，水面上什么也不见了。

我的沉思总会在波浪彻底消失时沦陷，这使我感到一种悲怀，人生的际遇事实上与船过的波浪一样，它必然是会消失的，可是它并不是没有，而是时空轮替自然的悲哀，如果老是看着船尾，生命的悲怀是不可免的。

那么让我们到船头去吧！看船如何把海水分割为二，如何以勇猛的香象截河之势，载我们通往人生的彼岸。一艘坚固的船是由很多的钢板千锤百炼铸成，由许多深通水性的人驾驶，这里面就充满了承担之美。

让我也能那样勇敢地破浪、承担，向某一个未知的彼岸航去。

这样想时，就好像见到一株完全成熟的芒花，突然爆起，向八方飞去，使我听见一阵洁白的高音，唱哗然的歌。

不知多少秋声

如果你的一心灵有通向神圣的完美阶梯，

你就像真理花园中的百合花，

无论你的芳香消失在空中，

或消失在人们身上，

它消失在何处，

就在何处永存。

——纪伯伦

中秋夜，我们从岳阳赶往长沙，一路狂奔。

“为什么要这么着急地赶路呢?”我问帮我们开车的小廖。

司机小廖急着赶回长沙过节，因为他和爱人都是一胎化政策后出生的，独生子娶了独生女，所有的节日都变成双倍的大事。

预计先到父母家过上半夜，再陪女方到岳父母家过下半夜，这使他心急如焚，飞奔在路况颠踬的公路上。

一路上，小廖按着喇叭的手从未停过，我看着路两旁都是补胎、打气、修车的小店，真担心老旧的厢型车会突然抛锚在荒僻的省道上。

小廖一边狂按喇叭，一边从喇叭声中大声地说："中秋夜，人人都在赶着团圆，是吗，林老师?"

"是呀是呀！人人都在赶着团圆。"我说。

为了让他专心开车，我们一路无语地看着窗外，正是夕阳西下的时光，远山与田园都笼罩在一片薄薄的雾气里，绿色的水田中错落着红砖小屋，夕阳使眼前的一切都滚了金边。

惊奇的是，日与月同时出现在天上，金红的夕阳与银白的月亮遥遥相望，原来是金光万道的夕阳与贴纸一样薄薄的月亮，突然有人按了开关，夕阳成为薄薄的剪纸沉落，满月亮了起来，饱满、圆润，有美丽的光晕。这美丽的湖南乡间，突然有着说不出的浪漫与柔情。

我轻轻地握着妻子的手，她给我一个轻轻的微笑。

不发一语，但我们的心在月光下的田园，互相应答。

这是我们第一次在离家数千里外过中秋，当我们遥望窗外盈盈的满月，思念就像月的光芒，弥漫了天地。我们思念着在台湾的三个孩子，他们在外婆家一定也看着月亮，思念着我们！也思念着正在美丽的乡下喝团圆酒的兄弟姊妹，那湖南乡间温暖的小房，多么像我们在南方的故居呀！

你思念那些在爱中降临的孩子，思念因缘深重、有缘重会的人，你会深深感受到一些美丽的花开。

你愿意永远为他献身，不会有丝毫怨言。

你在心里感觉最大的恩典，带来巨大的力量。

你在悲喜交集的时候，他使你哀乐协调。

你在无声的小溪边，也能听见婉转的歌唱。

你在喧腾的万蝉里，也能听见深情的咏叹。

你是春天，第一朵花开。你是山间，飞来的彩虹。

你是翠绿，也是深蓝；你是清白，也是玄黑；你是田黄，也是珊红……你具足了一切的颜色，却是用尽世间的言语，也无法描绘。

你抬头看看远方吧！这世间最美好的事物是无言的，无言的时候则让我们最细腻地接近美好。

想了解辽阔，要观海。想知道伟大，要看山。想体会自由，要静静看云。想感受无碍，要舞动春风。

这是为什么说开悟时是看见了遥远的星星，苦修时坐在菩提树美丽的枝叶下，说法时带着神秘的微笑，教导比丘观想庭中的茉莉花，阐明一株小草就是万佛的宝殿……

因为那树、那花、那草、那夜空的明星，不发一言，已万缘具足了。

一切净土里，都有遍满的莲花和鸟声的歌唱。一切有智慧的人，犹如带着太阳行走，有太阳的观照、平等与圆满。一切慈悲的菩萨，则是清凉的月色，有月亮的温柔、宁静与优美。

因为那莲花、那鸟声、那太阳、那温柔的月色，一语不发，已吟咏万法的梵唱了。

说说这秋天吧！

每年都有秋天，生命中有感动、有启示、有觉察的秋天，又有几回呢？真的寻索到寥寥可数的深有所感的秋日，又能用什么言语加以叙述呢？

天上的明月，满山的枫红，一直在跳舞的菅芒花，美得比春天更动人的秋云秋霞，你抬起头来深深地感动，却是万语难及。

每一年都有美丽的秋天，在无可言诠的生命里，像飞过天际的大雁，长啸一声，飞过去了，音声犹在耳际回旋，仰头一望，群雁已没入了长空。

这秋天的心情，就像微步中年的心境吧！

中秋的时候，人人赶着团圆，在追赶团圆的路途中，珍惜此人、此心、此景、此境，却隐在月影的背面，很少被看见。

无言是很高的境界，但作为一个文学家，总想记录那种无言。

我想起曾在西安的古董市集，购得一方古印，不知是什么年代，不知是谁刻的，却是我收藏的古印中最宝爱的一方：

不知多少秋声

这是走过了生命的惊涛岁月与骇浪旅程的人才会有的心情，猛然回首，不知已过了多少个雾里的秋天了。

唯有这种秋天的心，才会悟到珍惜的可贵，珍惜秋天的每一个片刻、每一个刹那、每一声没入云天的雁鸣！

也是这样的心情，去年秋天我完成了《玄想》，现在接着写完《清欢》。

文学是一种清净的欢喜。这种清净的欢喜，使文学家自然成为富足的人。他的内心之树结满了果子，拿来与别人分享，希望能有甜蜜与清凉；他的内心之矿结满了宝石，用双手奉上，希望珠宝能妆点灰色的人生；他每天都在垦荒种地，身上带着泥土与溪水的芳香，因为一切都是珍贵无比的，希望人人都能品味芳香。

如同秋声，我也想向人说：你听见秋声了吗？

文学的欢喜，写的人欢喜，读的人也欢喜。

我们终于穿过重重的月光，抵达长沙，明月已到中天，小廖赶不及和父母、岳父母共度中秋。

他显得有些沮丧。

我说："明天还是中秋，听说十六的月亮比十五还圆哩！"

他苦笑着，告辞。

我和淳珍在长沙街头漫步，大部分的店家已经打烊。

陪着我们的朋友小侠说："大概吃不到中式的团圆饭了，我们去找西式的。"

找到一家西餐厅，来迎接我们的服务生竟是黑人，说一口流利的京片子，后来才知道他来自非洲的肯尼亚，家乡正在闹饥荒。

我们点了菜，他说："今天是中秋节，来一瓶长城干红吧！"

我们请他喝了一杯干红，举杯遥祝在远地的亲人。在他黑色的眼眸中，我仿佛看见了非洲草原上的月色。

我和淳珍举杯，祝福我们远在天边的三个孩子，我的心里突然浮现出一个句子：

爱的开始是一个眼色，爱的最后是无限的穹苍。

季节十二帖

一月　大寒

冷也冷到顶点了。

高也高到极限了。

日光下的寒林没有一丝杂质，空气里的冰冷仿佛来自故乡遥远的北国，带着一些相思，还有细微几至不可辨认的骆驼的铃声。

再给我一点绿色吧，阳光对山说。

再给我一点温暖吧，山对太阳说。

再给我一朵云，再给我一把相思吧，空气对山岚说。

我们互相依偎取暖，究竟，冷也冷到顶点，高也高到极限了。

二月　立春

春气始至，下弦月是十一日的七时一分。

“如果月光开始温柔照耀的时候，请告诉我。”地底的青虫对着荷叶上的绿蛙说。

“我忙得很呢！我还要告诉茄子、白芋、西瓜、蕹菜、肉豆、苋菜，它们发芽的时间到了。”蛙说。

“那么谁来告诉我春天到来了呢?”青虫说。

“你可以静听远方的雷声，或是仕女们踏青的步声呀!”蛙说。

青虫遂伏耳静听，先听见的竟是抽芽的青草血液流动的声音。

三月　惊蛰

“雷鸣动，蛰虫皆震起而出，故名惊蛰。”

我们可以等待春天的第一声雷，到草原去，那以为是地震的蛰虫都沙沙地奔跑，互相走告：雷在春天，不知道为什么这一次打到地底来了。蚱蜢都笑起来，其实年年雷都震动地底，只是蛰虫生命短暂，不知道去年的事吧！

在童年遥远的记忆中，我们喜欢春天到草原去钓蛰虫，一株草伸入洞里，蛰虫就紧紧咬住，有如咬住春天。

童年老树下的回忆，在三月里想起来，特别有春阳一般的温馨。

四月 清明

“时万物洁显而清明，时当气清景明，故名。”

这一次让我们去看四月里温柔的草原与和煦的白云吧！因为如果错过了四月的草之绿与云之白，今年就再也没有什么景色可以领略了。

但是，别忘了出发前让心轻轻地沉静下来，用一种清明的心情去观照天空与花树的对话。

我走出去，感觉被和风包围，我对着一朵含苞的小黄花说：“亲爱的，四月的时候不要睡着了。”

五月 小满

天空突然下起雨来，对于天上的雨我们没有拒绝的权利，我们总是默默地接受了。

站在屋檐下避雨，我想着：为什么初夏的雨总没来由地下着，这时，竟有一些些美丽的心情，好像心里也被雨湿润了。痴痴地想起，某一年，是这样的五月，也是这样突然的初夏之雨，与一个心爱的人奔过落雨的大街。

冲进屋檐下的骑楼，抬头正与一个厢壁的石雕相遇，那石雕今日仍在，一起走过雨路的人，却远了。

五月的雨，总也是突然就停了。

阳光笑着，从天上跌落下来。

六月　芒种

“时可种有芒之谷，过此即失效，故曰芒种。”

坐火车飞过田野，偶尔会见到农夫正在田中插秧，点点的嫩绿在风中显得特别温柔，甚至让人忘记了那每一株都有一串汗水。

芒种，是多么美的名字，稻子的背负是芒种，麦穗的承担是芒种，高粱的波浪是芒种，天人菊在野风中盛放是芒种……有时候感觉到那一丝丝落下的阳光，也是芒种。

六月的明亮里，我们能感受到四处流动的光芒。

芒种，是深深把光芒植根，在某些特别的时候，我呼唤着你的名字，就仿佛把光芒种植。

七月　小暑

院里的玫瑰花，从去年落了以后就没有再开。

叶子倒仍然十分青翠，枝干也非常刚强，只是在落雨的黄昏，窗子结满雾气，从雾里看出，就见到了去年那个孤寂的自己。

这一次从海岸回来，意外地看到玫瑰花结成的苞，惊喜地感觉自己又寻回年轻时那温婉的心情，这小小的花，小小的暑气，使我感觉到真实的自我。

泡一杯碧螺春，看玫瑰花在暑气里挣扎开放，突然听见在遥远海边带回来的涛声，一波又一波清洗着我心灵的岬角。

八月　立秋

“秋训：禾谷熟也。”

梦里醒来的时候，推窗，发现天上还洒着月光。

仿佛才刚刚睡去，怎么忽然就从梦里醒来了呢?

刚刚确实是做了梦的，我努力回想梦境，所有的情节竟然都隐没了，只剩下一个古老的、优雅的、安静的回廊，回廊里有轻浅的步声，好像一声一声地从我的心头踩过。

让我再继续这个梦吧！躺下时我这样许着愿。

我果然又走进那个回廊，步声是我自己的，千回百转才走到出口，原来出口的地方满天红叶，阳光落了一地。

原来是秋天了，我在回廊里轻轻叹口气。

九月　白露

“阴气渐重，凝而为露，故名白露。”

几棵苍郁的树，被云雾和时间洗过，流露出一种沧桑的神色。我站在这山最高的地方下望，云一波波地从脚下流过，鸟声在背后传来，我好像也懂了站在这里的树的心情——站在最高的地方可以望远，但也要承担高的凄冷，还有那第一波来的白露。

候鸟大概很快就要从这里飞过，到南方的海边去了吧？

这时站在云雾封弥的山上，我闭上眼睛，就像看见南方那明媚的海岸。

十月　霜降

这一次我离开你，大概就不容易再见到你了。

暮色过后，我会有一个真正的离开，就让天空温柔的晚霞做最后见证，有一天再看见同样美的晚霞，不管在何时何地，我都会想起你来。

霜已经开始降了，风徐徐的，泪轻轻的，为了走出黑暗的悲剧，我只好悄悄离去。

我走的时候，感到夜色好冷，一股凉意自我的心头刺过。

十一月　立冬

“冬者，终也。立冬之时向，万物终成，故名立冬。”

如果要认识青春，就要先认识青春有终结的时候。

为花的开放而欢喜，为花的凋落而感伤，这样，我们永远不能认识流过的时间，是一种自然的呈现。

在园子里紫丁香花开的时候，让我们喝春天的乌龙吧！

在群花散尽、木棉独自开放的冬日，让我们烘着暖炉，听韦瓦第，喝咖啡吧！

冬天是多么美，那枝头最后落下的一朵木棉，是绝美！

十二月　冬至

“吃过这碗汤圆，就长一岁了。”冬至的时候，母亲总是这样说。

母亲亲手做的汤圆格外好吃，尤其是在寒冷的冬夜，又和着成长的传说。

吃完汤圆，我们就全家围在一起喝热茶，看腾腾热气在冷的气候中久久不散，茶是父亲泡的，他每天都喝茶。但那一天，他环视我们说："果然又长大一些。"

那是很多年前冬至的记忆，父亲逝世后，在冬至，我常想起他泡的茶，香味至今仍在齿颊。

小千世界

安迪台风来访时，我正在朋友的书斋闲谈，狂乱喧嚣的风雨声不时透窗而来，一盏细小的灯花烛火在风中微明微灭，但是屋外的风雨越大，我越感觉得朋友书房的幽静，并且微微透出书的香气。

我常想，在茫茫的大千世界里，每一个人都应该保有一个自己的小千世界，这小千世界是可以思考、神游、欢娱、忧伤甚至忏悔的地方，应该完全不受到干扰，如此，作为独立的人才有意义。因为有了小千世界，当大千世界风雨如晦、鸡鸣不已之际，我们可以用清明的心灵来观照；当举世狂欢、众乐成城之时，我们能够超然地自省；当在外界受到挫折时，回到这个心灵的城堡，我们可以在里面得到安慰；心灵的伤口复原，然后再一次比以前更好地出发。

这个“小千世界”最好的地方无疑是书房，因为大部分人的书房里都收藏了无数伟大的心灵，随时能来和我们会面，我们分享了那些光耀的创造，而我们的秘密还得以独享。我认为每个人居住过的地方都能表现他的性格，尤其是书房，因为书房是一个人最亲密的地点，也是一个人灵魂的写照。

我每天大概总有数小时的时间在书房里，有时读书写作，大部分时间是什么也不做，一个人静静地让想象力飞奔，有时想想一首背诵过的诗，有时回到童年家门前的小河流，有时品味着一位朋友自远地带给我的一瓶好酒，有时透过纱窗望着遥远的点点星光想自己的前生，几乎到了无所不想的地步，那种感应仿佛在梦中一样。

有一次，我坐在书桌前，看到书房的字纸篓已经满了出来，有许多是我写坏了的稿纸，有的是我已经使用过的笔记，全被揉皱丢在字纸篓里，而我已经完全忘记了内容，我要去倒字纸篓的时候灵机一动，把那些我已经舍弃的纸一张张拿起来，铺平放在桌上，然后我便看见了自己一段生活的重现，有的甚至还记载着我心里最深处的一些秘密，让自己看了都要脸红的一些想法。

后来我体会到“敬惜字纸”的好处，丢掉了字纸篓，也改正了从前乱丢字纸的习惯。书房的字纸篓都藏有这么大的玄机，缘着书架而上的世界，可见有多么海阔天空了。

安迪台风来访那一夜，我在朋友家聊天到深夜才回到家里，没想到我的书房里竟进了水，那些还夹着残破树叶的污水足足有半尺高，我书架最下层的书在一夜之间全部泡汤。一看到抢救不及，心里紧紧地冒上来一阵纠结的刺痛，马上想到一位长辈，远在加州的许芥昱教授，他的居处淹水，妻儿全跑出了屋外，他为了抢救地下室的书籍资料，迟迟不出，直到儿子在大门口一再催促，他才从屋里走来，就在这时，他连人带房子及刚抢救的书籍资料一起被冲下山去，尸体被发现在数十英里外的郊野。

许芥昱生前好友甚多，我在美国旅游的时候，听到郑愁予、郑清茂、白先勇、于崇信、金恒炜都谈过他死的情形，大家言下都不免有些怅然。一位名震国际的汉学家，诗书满腹，却为了抢救地下室的书籍资料而客死异域，也确要叫人长叹。但是我后来一想，假如许芥昱逃出了屋外，眼见自己的数十年心血、自己最钟爱的书房被洪水冲走，那么他的心情又是何等的哀伤呢？这样想时也就稍微能够释然了。

我看到书房遭水淹的心情是十分哀伤的，因为在书架的最底层，是我少年时期阅读的一批书。它们虽然随着岁月褪色了，大部分我也阅读得熟烂了，然而它们曾经伴随我度过年少的时光，有许多书一直到今天还深深地影响着我。不管我搬家到哪里，总是带着这批我少年时代的书，不忍丢弃，闲时翻阅也颇能使我追想到过去那段意气风发的日子，对现在的我仍存在着激励自省的作用。

这些被水淹的书中，最早的一本是一九五八年由大众书局出版吕津惠翻译的《少年维特的烦恼》，是我的大姊花五元买的，一个个看下来，如今传在我的手中，我是在初中一年级读这本书的。

随手拾起一些湿淋淋的书，有史怀哲的《非洲手记》、英格玛·柏格曼的《野草莓》、安德烈·纪德的《刚果记行》、阿德勒的《自卑与生活》、叔本华的《爱与生的苦恼》、田纳西·威廉的《青春之鸟》、赫胥黎的《瞬息的烛火》、塞林格的《麦田里的守望者》、梅立克和普希金的小说以及艾斯本的遗稿，总共竟有五百余册的损失。

对一个爱书的人，书的受损就像农人的田地被水淹没一样，那种心情不仅是物质的损失，而是岁月与心情的伤痕。我蹲在书房里看劫后的书，突然想起年少时展读这些书册的情景，书原来也是有情的，我们可以随时在书店里购回同样内容的新书，但读书的心情是永远也买不回来了。

“小千世界”是每个“小小的大千”，种种的记录好像在心里烙下了血的刺青，是风雨也不能磨灭的。但是在风雨里把钟爱的书籍抛弃，我竟也有了黛玉葬花的心情，一朵花和一本书一样，它们有自己的心，只是作为俗人的我们，有时候不能体会罢了。

篇四：我心温柔

情爱是什么呢？对深情的人固是重逾千金，对情薄的人则是不值一文，绝不只是出在“阳关”的问题，在清平的时代里仍不免怨偶连连，混乱的时代则犹如草木荣枯，一季之间即可使翠绿成为苍黄。

水终有澄澈的一天

在我童年居住的三合院，沿着屋檐滴水的沟槽下，摆了一排大水缸。

水缸有半人高，缸口大到双手环抱，是为了接盛从屋顶上流下来的雨水。从前的乡下没有自来水，必须寻求各种水源：一方面凿井而饮；一方面到河边挑水灌溉；下雨天蓄在水缸的水，则用来洗衣洗澡，这样不但可以惜福，还能减轻到河边挑水的负累。

刚下过雨的水缸是浑浊的，放一些明矾进去，等个两三天，水就会慢慢地澄澈。

由于要让水澄清很难，需要很长的时间，但使水浑浊却只要一下子，因此，妈妈严格规定我们不能去玩水缸的水。玩水的后果就是在水缸边罚站。

“不可以玩水缸的水。”不只是我们家的规矩，乡下三合院的孩子全都知道这个教训。

但是，不玩自己家的水，并不表示不玩别人家的水。

我们家正好在去中学必经的路上，每天有成千上百的学生走过。

有一些喜欢恶戏的孩子，路过的时候就会突然冲进院子，每个水缸都搅一下，然后呼啸着跑走。

这可恶的举动，使我们又愤慨，又紧张。为了防止水被弄浑，我们终日都坐在院子里，等待恶戏的孩子。

但是，我们也不可能整天坐在院子里，有时要上学，有时要工作，一旦稍有疏忽，孩子们就冲进来把水弄浑。

这使我们更陷入痛苦之中。

妈妈看我们被几缸水弄得心神不宁，就安慰我们："你们的心比水缸的水还容易被混乱。那些恶作剧的孩子，你们越在乎，他们就越喜欢；如果不理他们，时间一久，就没什么好玩了。你们各人去做该做的事，不要管水。水，终有澄清的一天。"

我们听了妈妈的话，该上学的上学、该工作的工作，不再理会恶戏的孩子。他们也很快就失去兴趣，水，也自然地澄清了。

"水，终有澄清的一天。"妈妈的教诲，常常在我被误解、扭曲、诬陷的时刻，从水缸中浮现出来。我们的心像水一样容易被混乱，但在混乱之际，不需要过度的紧张与辩白，需要的是安静如实的生活。当我们的心清明，水缸的水自然就澄清了。

至今，我每次走过乡下的三合院，童年院子里的水缸历历在目，就会想到一个洁身自爱的人，心境就如水缸里的水，来自天地，自然澄清。生命中的曲解无明，是一时一地的，智慧与情境的清明追求，却是生生世世的。

一秒钟的混乱，可能要三天才能清明，但只要我们一直迈向更高的境界，水，终有澄清的一天。

梦之祭典

“先生，南澳到了，南澳到了。”我身边的少年摇着我的肩膀，用急切的声音唤醒我。我对他说谢谢，先前我请他到南澳时叫醒我，然后我就安心地睡去了。

客运车到南澳站停下时，我并没有下车，少年用不解的眼神看着我说：“你不是要在南澳下车吗?”

“不，我要到东澳，请你在南澳叫醒我，是因为我希望在南澳与东澳之间保持清醒。”

“喔，你特别喜欢这一段路的风景吗?”少年问着。

我点头称是，其实并不特别是这样，但解释起来是非常麻烦的，少年也不会懂。我第一次到南澳，是少年一般的年纪，那时对社会与人群充满了奉献的热情，我是参加一个山地服务队来的，参加这种队伍的同学都是有着远方的梦想的人，一般的社团所享受的是权利，山地服务队所享受的是义务。

记忆中一朵五彩的花

南澳到东澳这一段路，是我奉献出少年热情的第一次，它在我的记忆中是一朵五彩的花，我每次在真实人生中遭遇冷漠与挫折时，那朵花会不知不觉地从记忆中开放出来，是的，我年轻的时候可以为人生理想的向往，完全地牺牲自己，现在的我，生命的基调并未改变，何以就不能在充满冷漠的世界，保持一己的热情？何以就不能在充满恨意的人群中，保持一己丝毫没有恨意的爱呢？然后，我就像坐在年轻时那朵五彩花之上，开向湛蓝的天、洁白的云，接受着只有高处才有的清凉而温柔的风。

在东澳下车，东澳小站的景致并没有太大的改变，仍存留着当年天真与朴素的气息，我漫无目的地在街道上走着，感觉到时光真是奇妙，时光固然无情，它往往会把一个社会一个时代无声地抛弃在它的轨道，但有时走在轨道上，我们会发现时光又回来了，陪伴着我们在记忆的铁轨上散步，并倾听我们曾经江湖寥落的声音。

我的东澳已经流走了，虽然我现在走在街上，我知道这已不是我的东澳了。当年与我一起到东澳的朋友已经星散，有的天涯流浪、有的儿女成行，大部分已经不通音问了，不知道他们可有重回旧地的经验，不过可以确定的是，如果他们回来，必然会像我现在这样，有一点点迷茫、一点点忧伤，以及一些重回记忆的喜悦。

绕过东澳国民小学，背后就是山了，我依循着记忆的海岸寻找从前的山路，然后就听见山涧的水声了，那水声虽然轻微，却是十分响亮，是从远处就一路呼唤过来的。正是野姜花与野百合盛开的季节，我很高兴经过这许多年，山里的花并未被采尽，这使得林子里除了草气，还有花的香味在其中流动。

从前，我们给山地孩子做完课业辅导后，这条山涧是我在黄昏最爱散步的地方，有时会有几个孩子陪伴我一起来，介绍我认识他们家乡里优美的山水，还有的孩子会采下百合和野姜花送给我，他们给我的花总使我感动，那里面有孩子无私的爱。

流水中美丽的花瓣

山地的孩子一般说来都是非常寂寞的，他们的父母通常会经过几次婚姻，而且为着最基本的生活，终日在外面劳苦地工作，有些做海员或卡车司机的父亲要一年半载才会见上孩子一面。因此山地的孩子就像山里草丛间的鹌鹑或林间飞跃的松鼠，幸而有这么秀美壮丽的大地抚育他们，弥补了他们在亲情方面的缺乏。

我如今走在山溪涧的小路，眼前就浮现那一双双黑白分明、美丽无比的大眼睛——山地人的眼睛是那么美丽，从他们是孩子一直到老去，总有一对晶明的眼睛——我想到十七年前那些我的小朋友们，现在，一定都是孔武有力的青年和亭亭玉立的少女了，可是在这个动荡悲哀的世界里，他们是怎么样去走自己的路呢?

亲爱的亮亮，从我的青年时代一直到现在经常思考的问题，就是如果这个社会对少数、弱小者、被遗弃的人多付出一些爱、关怀与责任，就会减少许多无辜的人走上悲惨的道路。我在二十岁的时候，曾到育幼院去义务教导孤儿读书、陪伴残障的孩子游戏；曾到少年监狱去倾听少年犯罪者如何步上邪曲的道路；曾到许多山地乡去义务服务，正是基于这样的信念。

可是如今回忆起来，青年时那样付出的爱，仿佛都是流水中美丽的花瓣，短暂而漂浮，这个社会并未因我们的奉献付出而改善，反而有日益颓废堕落的倾向。我知道，现在还有很多热血青年走上我当年的路，他们牺牲自己的假期与娱乐，希望对社会能有所贡献，但他们到了我这年纪回顾起来，心中又会有什么感触呢？

有一次在台北一家大饭店有喷泉的中庭里，我和一些中年的朋友喝咖啡，我谈起年轻时每个寒暑假都去做社会服务，尤其是在南澳东澳的一个月给我的生命带来许多深刻的启示。

无私的实践与付出

一位朋友说："你有没有想过当年教过的小孩子现在在哪里呢？我告诉你，一些女孩现在在都市的某些角落，出卖肉体；男孩呢，一些在建筑鹰架上做粗工、一些在远洋渔船做船员、一些在搬家公司每天帮别人搬着昂贵的家具……"他说了许多现在山地青年真实的处境，带着中年男子惯有的世故冷静的分析。我没有回答什么，只是陷进一种忧伤里面，以沉默来抗辩着。

另一位朋友帮我解围说："并不是每一位山地的孩子命运都是那么悲惨的，像李泰祥、胡德夫、施孝荣……不都是这个社会的中坚吗?"

前面的朋友说："我说的不是这一部分呀！我要说的是大学生下乡的这一部分，到山地去服务的大学生，尤其是女大学生，都是爱心泛滥找不到出路的人，你们到山地服务，并不是真正去帮助山地孩子，而是在肯定自己的价值，寻找自己情感的定位，这是一种情结，对于到山地服务，去服务的人比起被服务的人意义要大得多呀!"朋友说完后，吐出一阵浓浓的烟，我们都随着那阵往大楼天顶飘去的烟，陷进了沉默。

朋友的话不是没有道理，想一想，我们青年时代，对这个社会的名利、权势、斗争，甚至整个社会的生存竞争与黑暗法则都没有认识，那时我们可以不计一切利害地投身到一般人认为没有意义的工作里，这一方面是在为人群服务，一方面何尝不是做自我价值的肯定呢？等到我们长大了，真正接触了这个社会，我们的价值观改变了，我们的热情冷淡了，我们远方的梦被近在眼前的现实改变了，我们就变得再也不可能那样子去付出、去实践!

正如朋友说的："一个做官的人在写一行字的时候，比起你们千万个大学生到山地去服务，力量还大得多。"

真的是如此吗？那么，做官的人不曾是大学生吗？不曾是年轻人吗？不曾怀抱救世之志与淑世的热情吗？这些答案都是肯定的，可是为何我们还不能真正来关心、解决弱小者悲剧而命定的道路呢?

自在放怀地盛开

亲爱的亮亮，我从不曾否定年轻时代的奉献，因为那时最纯真，没有一丝杂质，就仿佛从水晶矿脉中挖出来最美丽的紫水晶，虽不免有各种棱角，却是最耀眼地从内部深处亮出光彩，即使在夜色中也不会被淹没。但更重要的是，应该这热情永不失去，从学校毕业后，难道我们就不能一如当年，继续无私地为人群的幸福献身吗？也许，千万个大学生的热情还不如官员的一行字，但在热情埋种的时候，我相信，埋种的人与被埋种的田地，同样能感受到人，或者天地的温情。

也许，我们不能转动世界，但，亮亮，我们纯真的情操不应随世界的黑暗转动。就像这一刻我在山中独自行走，我肯定了一点：假如在人生的道途上，我们找不到更好或相等的旅伴，我们宁可单独前进，也不要与愚痴冷漠的人做伴，让自己也成为愚痴冷漠的人。

我摘取了一株盛开的野姜花，并仔细地品味着那孤傲的浓挚的香气，我知道，纵使全世界的人都不能欣赏这株野姜花，它也一样会在山林中自在放怀地盛开，扬散自己的香，不怀一丝遗憾。我从前写过两句话给你："有麝自然香，何必当风扬？"若我们心中自有麝香，不必把这香站在风头洒出，期待这世界的人都能闻到呀！

黄昏的时候，我回到小街找到一间洁净的旅舍住宿，有床铺、有浴缸和马桶，这令我想起十七年前住的旅店，八人一间，房间内充满着汗水与血泪岁月交织的酸臭味，墙壁上血迹斑斑，是蚊子与臭虫被拧死留下来的血迹，洗澡是在室外的古井边，几个人围成一圈，在寒风中把水打上来冲洗年轻而洁白的身躯，那间旅舍住着各式各样劳苦的人，每天的住宿费是新台币十元，我到现在还清清楚楚记得那时的景况，如今想起来，是多么令人怀念呀！那样简陋的旅舍，如今在偏远的东部，也像梦一般，再也寻找不到了。

在我心中有许多星星

刚刚我到街上去散步，海风从不远的海边吹来，街上的人都已经关灯睡眠，一条街突然大了好几倍，变得空旷而广渺起来，满空的星星明亮着，细细的光明洒落在小路与山林之间。我站在街路的正中央，想到自己走过的路就像这东部海岸的小路，空旷而广渺，但我深切地知道，在我的心中有许多星星，永远为我照路。

亲爱的亮亮，我现在洗过一个热水澡，坐在旅舍的小桌旁给你写信，虫声与蛙鸣为我伴奏，在夜色的远山之中，我永远都会记得山里有我年轻时的梦，这一次回到东澳，就仿佛是为我的青年时代做一次丰年祭，我们从幼小到成长的岁月总会过去的，那过去的岁月就像昨夜的梦、去年的残雪，伴着热血所弹奏的琴声，琤琤琮琮地在溪水里流得远了。

但，如果我们青年时代舍不得付出，到壮年中年，甚至老年时代，我们面对这广大的天地，我们是不是能平心静气地说“该走的路，我已走过”呢？

我耳畔想起当年丰年祭时，山地人热情澎湃的鼓声与歌咏，山地人的祖先曾在这块土地流血流汗，与恶劣的环境抗争，与我们可敬的祖先一样。可是他们的鼓声日弱，歌声渐远，我们应该如何来与他们并肩，创造一个平等、和谐的时代呢？

亮亮，有时只是抬头看着山线、海线、地平线，我的心就会起伏不已，你还如此年轻，你能理解吗？

快乐真平等

不幸福，斯无祸；不患得，斯无失。

不求荣，斯无辱；不干誉，斯无毁。

有一个社团来请我演讲，令我感到意外的是，这社团参加的人至少都拥有上亿的财富。

我从来没有为这么有身价的人演讲过，便询问来联络的人："这些有财富的人要知道什么呢?"

"因为他们拥有太多的财富，有一些人已经失去快乐的能力!"

"怎么会呢？有钱不是很好的事吗?"我感到疑惑，可能是我从未想象有那么多财富，因而无从理解。

"会呀！一般人如果多赚一万元会快乐，对有十亿财产的人，多赚一百万也不及那样快乐。有钱人吃也不快乐，因为什么都吃过了，不觉得有什么特别好吃。穿也不快乐，买昂贵衣服太简单，不觉得穿新衣值得惊喜。甚至买汽车、买房子、买古董都是举手之劳，也没有喜乐了。钱到最后只是一串数字，已经引不起任何的心跳了。"

不只如此，这位有钱人的秘书表示，富有的人由于长时间的养尊处优，吃过于精致的食物，缺乏体力劳动，健康普遍都亮起黄灯和红灯，高血压、心脏病、糖尿病者比比皆是。

他说："林先生，到底有什么方法可以让有钱的人也得到快乐，拥有健康的身心呢?"

这倒使我困惑了，这世界上似乎有许多的药方，以及祖传的秘方，却没有一种是来治愈不快乐的，如果有人发明了这种秘方，他可能很快变成富有的人，连自己都会因财富而失去快乐的能力了。

我时常觉得，这世界在最究竟的根源一定是非常公平的，这不只是由于因果观点，而是一个人在一生中所能享有的福气有限，一旦在某方面有所得，在另一方面必然会有所失。虽然一个人也可能又有财富，又有权势，又有名声，又有健康，又有娇妻美眷，又能快乐无忧，但这种人千万不得一，大部分人都是站在跷跷板上，一边上来，另一边就下去了。

对于富人的问题，宋代思想家林逋在《省心录》中说："安乐有致死之道，忧患为养生之本。"又说："心可逸，形不可不劳；道可乐，身不可不忧。"意思是在生活上适度地欠缺，其实是好的，适度地劳动或忧患，不仅对人的身心有益，也才能体会到幸福的可贵。《左传》里说得更清楚："善人富谓之赏；淫人富谓之殃。"（和善清净的人富有了，是上天的奖赏；纵欲淫邪的人富有了，正是灾祸的开始。）

清朝的魏源在《默觚下》中说："不幸福，斯无祸；不患得，斯无失；不求荣，斯无辱；不干誉，斯无毁。"对得失与代价的关系说得真好。生活的喜乐也是如此，想想幼年时代物质缺乏严重，不管吃什么都好吃，穿什么新衣都开心，换了一床新棉被可以连续做一个月的好梦——事实上，在最欠缺的时候，一丝丝小小的得，也就有无限的幸福；什么都不缺的时候，却是幸福薄似纱翼的时候呀！

我很喜欢李商隐的两句诗："欲就麻姑买沧海，一杯春露冷如冰。"（我想从麻姑仙子那里把沧海买下来，没想到她的沧海只剩下一杯冰冷的春露。）我们在人生历程的追求不也如此吗？财富、名位都只是一杯冰冷的春露！

但富人不是不能快乐，只要回到平凡的生活，不被财富遮蔽眼睛，发掘出人的真价值，多劳作、多流汗；培养智慧的胸怀，不失去真爱与热情，则人生犹大有可为，因为比财富珍贵的事物多得是。

如果埋身于财富，不能解脱，那么"末大必折，尾大不掉"（树枝末梢太粗大，树干一定折断；动物的尾巴太大了，就不能自由地摇动了。语出《左传》）。如何能有快乐之日？心里不自由，身体自然难以健康了。

不过，我对富者的建议，可能是不切实际的，因为我不是富人，无从知悉他们的烦恼。

假如富人也还是人，我的意见就会有用了。站在人本的立场，这世间的快乐和痛苦还真平等呢！

云无心而出岫

你来信提到令弟秦深三度自杀未遂的事，说：“秦深近日不吃不睡，也不上学了，终日望着爱荷华蓝得无云的天色出神，人瘦得像白纸一样，父母不在，我这做哥哥的实在心疼不已，他的愁病不知何时才好，为什么金石之盟一越了阳关，连烂泥都不如了？”

不禁使我想起半年前秦深出国的情景，那时女友无限深情地依偎着他，在他上飞机的前一刻竟在飞机场相拥痛哭，信誓旦旦地说：“我等你回来，我等你回来，我一定会等你回来！”情溢于中而形于外，连我这个历经波涛万险的人都忍不住眼湿。没想到半年之间，那女孩换了男友，订婚而后结婚，仿佛霹雳电闪，无怪秦深要彻底地崩溃了。

情爱是什么呢？对深情的人固是重逾千金，对情薄的人则是不值一文，绝不只是出在“阳关”的问题，在清平的时代里仍不免怨偶连连，混乱的时代则犹如草木荣枯，一季之间即可使翠绿成为苍黄。

近几日，台北正在上映约翰·薛里辛格（John Schesinger）导演的电影《魂断梦醒》（Yanks），内容是第二次世界大战美国兵进驻英国时发生的爱情故事，有订过婚的少女爱上美国大兵的，也有儿子读中学的母亲爱上美军军官的，电影虽美，却使我感到错乱。那些英国妇女都是好女人，都有追寻情爱的勇气，对自我与爱情的价值也都有相当的认识，因此，当我们触及到“她们为什么这样轻易地爱上别人?”的问题时就不免为之迷惑了。

事实上，人是十分脆弱的，除非具有超人的大节大义，否则难免受到外来环境的激荡，也很难抗拒另一个新鲜的爱情，所有的信誓与允诺在这时都不堪一击，因此所有的责难也变得毫无意义了。我们如果了解这个时代和环境，就应该明白不能用爱情的变节与否来辨定一个人的善恶，何况，这年头，哪一个人不或多或少地接受过变节的打击，哪一个人没有经过情爱的试探、考验和锻炼？倘若简简单单地就被击倒，也就没有什么更大的希望和远景了。

记得丰子恺在他的《缘缘堂随笔》中曾写道：“灯下，我推开算术演算簿，提起笔来在纸上信手涂写日间所暗诵的诗句：‘春蚕到死丝方尽，蜡炬成灰………’没有写完，就拿向灯火上，烧着了纸的一角。我眼看见火势孜孜地蔓延过来，心中又忙着和个个字道别。完全变成了灰烬之后，我眼前忽然分明现出那张字纸的完全的原形；俯视地上的灰烬，又感到了暗淡的悲哀：假定现在我要再见一见一分钟以前分明存在的那张字纸的实物……是绝对不可能的事了……我只是看看那堆灰烬，想在没有区别的微尘中认识各个字的死骸找出哪一点是春字的灰，哪一点是蚕字的灰……又想象它明天朝晨被此地的仆人扫除出去，不知结果如何；倘然散入风中，不知它将分飞何处？春字的灰飞入谁家，蚕字的灰飞入谁家？……倘然混入泥土中，不知它将滋养哪几株植物？……都是渺茫不可知的千古的大疑问了。”

这一段话我极喜欢，曾经诵读再三，认为不但可以解宇宙间一切事物过去、现在、未来三世的因因果果，也可以作为爱情变异的注解。有时候前一分钟和后一分钟都渺不可知了，几年的恋情哪有可以预测的道理？

记否前年我自己的爱情变故？一星期之间，我消瘦了一公斤，头发与眉毛全部落光（始信古人“一夜白头”的信而可征），差不多到了“枯槁而死”的地步，那时每一想起则全身发颤，怒恨无边，景况绝不会比秦深好到哪里，如今想起来虽还有“曾因酒醉鞭名马，惟恐情多累美人”的惆怅，但已成为灰烬的去处，是一种奇妙的因缘，责怪的心也淡了，所谓“鹤有还巢梦，云无出岫心”，为鹤为云都没有什么对错，只是一种个人的选择而已。正如过去向慕春天的杨柳与燕子，一转眼间，秋光秋色涌来，围炉的喜悦也和杨柳燕子一样是不能比较的。

近读纳兰性德的词，有几首描写那样的心情十分贴切，且剪寄两首，一首是《明月多情应笑我》：

“明月多情应笑我，笑我如今，辜负春心，独自闲行独自吟。近来怕说当时事，结偏兰襟，月浅灯深，梦里云归何处寻？”

一首是《虞美人》：

“春情只到梨花薄，片片催零落，斜阳何事近黄昏，不道人间犹有未招魂。银笺别梦当时寄，珍重郎来意，郎今亦是梦中人，长向画图：影里唤真真。”

秦深落寞的心情我是可以了解的，你从康乃狄格直飞爱荷华照顾弟弟的心情我也可以了解，我们切不可因为发生爱情变故而对情爱感到绝望，就像我们不可看到一朵出岫的云而对山失望一样，“多情终古是无情，莫问醉耶醒？”多情与无情、醉与醒都只是一念之间，酒还是要喝，情还是要多，否则，我们当年的胸怀博大岂不是要大打折扣了？

情困与物困

我有一个朋友，爱玉成痴。

他不管在何时何地见到一块好玉，总是想尽办法要据为己有，偏偏又不是很富有的人，因此在收藏玉的过程中，吃了许多的苦头，有时到了节衣缩食三餐不继的地步。

有一回，他在一个古董商那里见到了一个白玉狮子，据说是汉朝的，不论玉质、雕工全是第一流的。我的朋友爱不忍释，工作也不做了，每天都跑去看那块玉，看到眼睛都发出红火，人被一团火炙热地燃烧。

他要买那块玉，古董店的老板却不卖，几经折腾，最后，牺牲了他所居住的房子，才买下了那个白玉狮子，租住在一个廉价的住宅区里。

他天天抱着白玉狮子睡觉，出门时也携带着，一遇到人就拿出来欣赏，自己单独的时候，也常常抚摸那座洁白无瑕的狮子发呆。除了这座狮子，他身上总随时带着最心爱的几件收藏，我有时候感觉到一个男子，从口袋里、腰袋间、皮包内随时掏出几块玉来，真是不可思议的事。

他玩玉到了疯狂的地步，由于愈玩愈精，就更发现好玉之难求，因为好玉难求，所以投入了全部的家当，幸好他是个单身汉，否则连老婆也会被他当了。到最后，他房子也卖了，车子也没了，工作也丢了，为什么丢掉工作呢？说来简单：“我要工作三年，才能买一件上好的玉，这样的工作不做也罢了！”

朋友成了家徒四壁的人，每天陪伴他的只有玉了。后来不成了，因为玉不能吃、不能穿，只好把他最心爱的玉里等级比较差的卖给别人，每卖一件就落一次泪，说：“我买的时候是几倍的价钱，现在这么便宜让给别人，别人还嫌贵。”

有一次，他租房子的房东逼着要房租，逼得急了，他一时也找不到钱，就把白玉狮子拿了出来，说：“这块玉非常的名贵，先押在你这里，等我筹足了房钱，再把它赎回来。”他的房东是个老粗，对他说：“俺要你这臭石头干么！万一不小心打破了还嫌烦呢！你明天找房钱来，不然我把你丢出去！”

在痴爱者眼中的白玉狮子是无可比拟的，可以用房子去换取，然而在平常百姓的眼中，它再名贵，也只是一块石头。

有一次我在台北故宫博物院看玉的展览，正好遇到了乡下的旅行团，几个乡下的欧巴桑看玉看得饶有兴味。我凑过去，发现她们正围着那个最有名的国宝“翠玉白菜”观看，以下是她们对话的传真：

“哇！真巧，雕得和真的白菜一模一样，上面还有一只肚猴呢！”

“这个刻得那么像，一个大概是值好几千块吧！”

一位看起来是权威人士的欧巴桑说：“你嘛好了，不识字又兼不卫生，什么好几千，这一个一定要好几万才买得到！”

我把这个故事说给朋友听，我说："你看故宫博物院的好玉何止千万块，尤其是小品珍玩的部分，看起来就知道曾有一位爱玉的人在上面花下无数的心血，可是他死的时候不能带走一块玉，我们现在看那些玉也不能知道它曾经有过多少主人，对于玉，能够欣赏的人就算拥有了，何必一定要抱在手里呢？佛经里说'智者金石同一观'就是这个道理。"

"爱玉固然是最清雅的嗜好，但一个人爱玉成痴，和玩股票不能自拔，和沉迷于逸乐又有什么不同呢？"

朋友后来觉悟了，仍然喜欢着玉，却不再被玉所困，只是有时他拿出随身的几块玉还会感慨起来。

物固然足以困人，情更比物要厉害百倍。对于情的执迷，为情所困，就叫"痴"，痴是人世间的三毒之一（另外两毒是贪与嗔），情困到了深处，则三毒俱现，先是痴迷，而后贪爱，最后嗔恨以终。则情困是一切烦恼的根源，没有比这个更厉害的了。

被情爱所系缚，被情爱所茧结，被情爱所迷惑，被情爱所执染，几乎是人间不可避免的，但当情爱已经消失的时候，自己还系缚茧结自己，自己还迷惑执着自己，这就是真正的情困。

有一次我遇到一位中年妇女，她的朋友都已经儿女成群，可是她没有结婚，没有结婚的理由很简单，因为她忘不了二十年前的一段初恋。

她的初恋有什么不凡吗？为何她不能忘却？其实也没有，只是一个少男一个少女在学校里互相认识了，发誓要长相厮守，最后这个男的离开了，少女独自过着孤单的心灵生活，一过就是二十年。

这么普通的故事，她也说得眼泪涟涟，接着她说："不过，这些都已经是过去的事了。”

我说：“在时间上，你的故事已经过去，实际上一点也没有过去，因为你的心灵还被困居在里面。到什么时候才算过去呢？就是你想起来的时候，充满了包容和宽谅，并且不为它所烦恼，那才是真正过去了。”

“做得到吗？”

“做得到的，在这个世界上为情沉溺的人固然很多，但从沉溺中走到光明岸上的人也不少。因为他们救拔了自己，不为情所困。”

我把情说成是沉溺，把救拔说成是走到光明的河岸，是有道理的。我们在祝福一对新人时，最常用的一句话是“永浴爱河”。

“爱河”的譬喻出自《华严经》，《华严经》上说：“随生死流，入大爱河。”为什么说是爱河呢？由于爱欲和河一样具有三种特性：一种是容易使人沉溺，不易自拔。第二种是爱欲的心就像河水一样，能浸染入最深的地方。例如我们用铁锤击石，石头会碎裂，但不能击碎每一个分子，可是如果我们把石头丢入河里浸染，它可以湿濡石头的任何一个分子，年深日久甚至把它分解成粉末。第三种是难以渡越，不管是贩夫走卒，王公将相，都无法一步跨过河的对岸，同样的，要一步从情爱的束缚中走过也非常不易。

我想起《杂阿含经》里记载的一个故事。有一次释迦牟尼对弟子说法，他问他们：“你们认为是天下四个大海的水多，还是在过去世遥远的日子里，与亲爱的人别离所流的眼泪多呢？”

释迦牟尼的意思是，从遥远的过去，一生而再生的轮回里，在人无数次的生涯中，都会遇到无数次离别的时刻，而流下数不尽的眼泪，比起来，究竟是四大海的海水多，还是人的眼泪多呢？

弟子回答说："我们常听见世尊的教化，所以知道，四个大海水量的总和，一定比不上在遥远的日子里，在无数次的生涯中，人为所爱者离别而流下的眼泪多。"

释迦牟尼非常高兴地称赞了弟子之后说："在遥远的过去中，在无数次的生涯中，一定反复不知多少次遇到过父母的死，那些眼泪累积起来，正不知有多少！在遥远的无数次生涯中，反复不知多少次遇到孩子的死，或者遇到朋友的死啊！或者遇到亲属的死啊！在每一个为所爱者的生离死别含悲而所流的眼泪，纵使以四个大海的海水，也不能相比啊！"

这是多么可叹可悲，人因为情苦与情困，不知道流下了多少宝贵的泪珠，情困如此，物困亦足以令人落泪，束缚在情与物中的人固然处境堪怜，究竟不能算是第一流人物。什么是第一流人物呢？古人说："岭上多白云，只可自怡悦，不堪持赠君，自是第一流人物。"

第一流的人物看白云虽是至美，却不想拥有，只想心领神会，这是多么高的境界。当我们知道其实在今生今世，情如白云过隙，物是梦幻泡影，那么还有什么可以抱老以终的呢？

第一流人物犹如一株香花，我们不能说这株花是花瓣香，也不能说是花茎香；我们不能说是花蕊香，也不能说是花粉香；当然不能说是花根香，也不能说是花叶香……因为花是一个整体，当我们说花香时，是整株花的香。困于情物的人，往往只见到了自己那一株花里一小部分的香。忘失了那株花，到后来失去了自己，因此，这样的人不能说是第一流人物。

第一流的人物，不在于拥有多少物，拥有多少情，而在于能不能在旧物里找到新的启示，能不能在旧情里找到新的智慧，进出无碍。

万一不幸我们正在困局里，那么想一想：如果我是一只蛹，即使我的茧是由黄金打造的，又有什么用呢？如果我是一只蝶，身上色彩缤纷，可以自在地飞翔，则即使在野地的花间，也能够快乐地生活，又哪里在乎小小的茧呢？

可叹的是，大多数人舍不得咬破那个茧，所以永远见不到真正的自我、真正的天空。

无风絮自飞

在我们家乡有一句话，叫："菜瓜藤，肉豆须，分不清"，意思是丝瓜的藤蔓与肉豆的茎须一旦纠缠在一起，是无法分辨的。

因此，像兄弟分家的时候，夫妻离婚的时候，有许多细节部分是无法处理的，老一辈的人就会说："菜瓜藤与肉豆须，分不清呀！"还有，当一个人有很多亲戚朋友，社会关系异常复杂的时候，也可以用这一句。以及一个人在过程中纠缠不清，甚至看不清结局之际，也可以用这一句来形容。

住在都市的人很难理解到这九个字的奥妙，因为他们没有机会看到丝瓜与肉豆藤须缠绵的样子。乡下人谈到人事难以理清的真实情境，一提到这句话都会禁不住莞尔，因为丝瓜与肉豆在乡间是最平凡的植物，几乎家家都有种植。我幼年时代，院子的棚架下就种了许多丝瓜和肉豆，看到它们纠结错综，常常会令我惊异，真的是肉眼难辨，现在回想起来，感觉到现代人复杂难以理清的人际关系，确实像这两种植物藤蔓的纠缠，想找到丝瓜与肉豆的根与果是不难的，但要在生长的过程分辨就非常困难了。

有一次我发了笨心，想要彻底地分辨两者的不同，却把丝瓜和肉豆的茎叶都扯断了。父亲看见了觉得很好笑，就对我说："即使你能分辨这两株植物又有什么意义呢？你只要在它们的根部浇水施肥，好好地照顾让它们长大，等到丝瓜和肉豆长出来，摘下来吃就好了，丝瓜和肉豆都是种来食用的，不是种来分辨的呀！"

父亲的话给我很好的启示，在人生一切关系的对应上也是如此，一个人只要站稳脚跟，努力地向上生长，有时不免和别人纠缠，又有什么要紧呢？不忘失自己立场与尊严，最后就会结出果实来，当果实结成的时候，一切的纠缠就不重要了。

另外一个启示就是自然，万事万物都有其自然的法则，依循这自然的发展，常常回头看看自己的脚跟，才是生命成长正常的态度。种什么样的因会结出什么样的果，是必然的，丝瓜虽与肉豆无法分辨，但丝瓜是丝瓜，肉豆是肉豆，这是永远不会变的，我们能做的就是让丝瓜长出好的丝瓜，让肉豆结出肥硕的肉豆！

丝瓜是依自然之序而生长结果，红花是这样红的，绿叶也是这样绿的，没有人能断绝自然而超越地活在世界，此所以禅师说："不雨花犹落，无风絮自飞。"花与絮的飞落不必因为风雨，而是它已进入了生命的时序。

日本的道元禅师到中国习禅归国后，许多人问他学到了什么，他说："我已真正领悟到眼睛是横着长，鼻子是竖着长的道理，所以我空着手回来。"

听到的人无不大笑，但是立刻他们的笑声都冻结了，因为他们之中没有人知道为何鼻子直着长而眼睛横着长，这使我们知道，禅心就是自然之心，没有经过人生庄严的历练，是无法领会其中真谛的呀！

柔软心

1

我多么希望，我写的每一个字、每一篇文章都洋溢着柔软心的香味；我的每一个行为都有如莲花的花瓣，温柔而伸展。因为我深信，一个作家在写字时，他画下的每一道线都有他人格的介入。

2

日本曹洞宗的开宗祖师道元禅师，传说他航海到中国来求禅，空手而来，空手而去，只得到一颗柔软心。

这是令人动容的故事，许多人认为道元禅师到中国求柔软心，并把柔软心带回日本。其实不然，柔软心是道元禅师本具的，甚至是人人本具的，只是，道元若不经过万里波涛，不到中国求禅，他本具的柔软心就得不到开发。

柔软心不从外得，但有时由外在得到启发。

3

学禅的人若无柔软心，禅就只是一种哲学，与存在主义无异。

柔软心并不是和稀泥一样的泥巴，柔软心是有着包容的见地，它超越一切、包容一切。柔软心是莲花，因慈悲为水，智慧做泥而开放。

4

有人问我："为什么草木无心，也能自然生长、开花、结果，有心的人反而不能那么无忧地过日子？"

我反问道："你非草木，怎么知道草木是无心的呢？你说人有心，人的心又在哪里呢？假若草木真是无心，人如果达到无心的境界，当然可以无忧地过日子。"

“凡夫”的“凡”字就是中间多了一颗心，刚强难化的心与柔软温和的心并无别异。具有柔软心的人，即使面对的是草木，也能将心比心，也能与草木至诚相见。

5

追鹿的猎师是看不见山的，捕鱼的渔夫是看不见海的。眼中只有鹿和鱼的人，不能见到真实的山水，有如眼中只有名利权位的人，永远见不到自我真实的性灵。

要见山，柔软心要伟岸如山；要看海，柔软心要广大若海。

因为柔软，所以能够包容一切、含摄一切。

6

人在遇到人生的大疑、大乱、大苦、大难时，若未被击倒，自然会在其中超越而得到“定”，因定而得清明，由清明而能柔软。

在柔软中，人可以和谐、单纯，进而达致意识的统一。

野狐禅、口头禅，最缺乏的就是柔软心，有柔软心的禅者不会起差别，不会贬抑净土，或密宗，或一切宗派，乃至一切众生。

7

有欲念，就有火气；有火气，就有烦恼。

柔软心使欲念的火气温和，甚至消散，当欲念之火消散了，就是菩提。

从烦恼到菩提的开关，就是柔软心。

8

佛陀教我们度化众生，并没有教我们苛求众生。我们要度化众生应在心中对众生没有一丝丝苛求，只有随顺。众生若可以被苛求，就不会沦为众生了。

随顺，就是处在充满仇恨的人当中，也不怀丝毫恨意。

随顺，就是随着充满黑暗的世界转动，自己还是一盏灯。

随顺，就是看任何一个众生受苦，就有如自己受苦一般。

随顺，是柔软心的实践，也是柔软心点燃的香。

我似昔人，不是昔人

一

憨山大师有一年冬天读《肇论》，对里面僧肇大师谈到的“旋岚偃岳而常静，江河竞注而不流”感到十分疑惑，心思惘然。

又读到书里的一段：有一位梵志从幼年出家，一直到白发苍苍才回到家乡，邻居问梵志说：“昔人犹在耶?”梵志说：“吾似昔人，非昔人也。”憨山豁然了悟，说：“信乎！诸法本无去来也!”

然后，他走下禅床礼佛，悟到无起动之相，揭开竹帘，站立在台阶上，忽然看见大风吹动庭院里的树，飞叶满空，却了无动相，他感慨地说：“这就是旋岚偃岳而常静呀!”又看到河中流水，了无流相，说：“此江河竞注而不流呀!”于是，去来生死的疑惑，从这时候起完全像冰雪融化一样，随手作了一首偈：

死生昼夜，水流花谢。

今日乃知，鼻孔向下。

二

我每一次想到憨山大师传记里的这一段，都会油然地感动不已，它似乎在冥冥中解释了时空岁月的答案。

表面上看，山上的旋岚、飘叶、云飞，是非常热闹的，但是山的本身却是那么安静——河中的水奔流不停，但是河的本质并没有什么改变。人的生死，宇宙的昼夜，水的奔流，花果的飘零，都像这样，是自然的进程罢了。

这就是为什么梵志白发回乡，对邻居说："我像从前的梵志，却已经不是以前的梵志了。"

岁月在我们的身上，毫不留情地写下刻痕，在每一次揽镜自照的时候，都会慨然发现，我们的脸容苍老了，我们的白发增生了，我们的身材改变了，于是，不免要自问："这是我吗?"这就是从前那一位才华洋溢、青春飞扬、对人世与未来充满热切追求的我吗?

这是我，因为每一步改变的历程，我都如实地经验，还记得自己的十岁、二十岁、三十岁，一步一步地变迁。

这也不是我，因为不论外貌、思想、语言都已经完全改变了。如果遇到三十会茫然地错身而过。

时空与我，在生命的历程上起着无限的变化，使我感到惘然。

那关于我的，到底是我吗？不是我吗？

三

有一次返乡，在我就读过的旗山国小大礼堂演讲，我的两个母校，旗山国民小学、旗山初中都派了学生来献花，说我是杰出的校友。

演讲完后，遇到了我的一些小学中学的老师，简直不敢与他们相认，因为他们都老得不是原来的样子。当时我就想，他们一定也有同样的感慨吧！没想到从前那个从来不穿鞋上学的毛孩子，现在已经步入中年了。

一位二十年没见的小学同学来看我，紧紧握着我的手说："二十年没见，想不到你变得这么老了！"——他讲的是实话，我们是两面镜子，他看见我的老去，我也看到了他的白发，其中最荒谬的是，我们都确信眼前这完全改变的同学，是"昔日人"，也相信自己还是从前的我。

一位小学老师说："没想到你变得这么会演讲呢！"

我想到，小时候我就很会演讲，只是国语不标准，因此永远没有机会站上讲台，不断挫折与压抑的结果，使我变得忧郁，每次上台说话就自卑得不得了，甚至脸红心跳说不出话来。

连我自己都不能想象，二十几年之后，我每年要做一百多次的大型演讲，当然，我的老师更不能想象的。

我不只是外貌彻底地改变了，性格、思想也不再是从前的自己。

但是，属于童年的我，却是旋岚偃岳、江河竞注，那样清晰、充满了动感。

四

今年过年的时候，在家里一张被弃置多年的书桌里，找到了我在童年、少年时代的一些照片，黑白的、泛着岁月的黄渍。

我坐在书桌前专注地寻索着那些早已在岁月之流中逝去的自己，瘦小、苍白，常常仰天看着远方。

那时在乡下的我们，一面在学校读书，一面帮忙家里的农事，对未来都有着茫然之感，只知道长大一定要到远方去奋斗，渴望有衣锦还乡的一天。

有一张照片后面，我写着：

男儿立志出乡关，
毕业无成誓不还。

那是初中三年级，后来我到台南读高中，大学考了好几次，有一段时间甚至灰心丧志，觉得天下之大，竟没有自己容身的地方。想到自己十五岁就离家了，少年迷茫，不知何往。

还有一张是高中一年级的，背后竟早熟地写道：

我是谁？

我从哪里来？

要往哪里去？

在人群里，谁认识我呢？

我看着那些照片，试图回到当时的情境，但情境已渺，不复可追。如果我不写说明，拿给不认识从前的我的朋友看，他们一定不能在人群里认出我来。

坐在地板上看那些照片，竟看到黄昏了，直到母亲跑上来说："你在干什么呢？叫好几次吃晚饭，都没听见。"我说在看从前的照片。

"看从前的照片就会饱了吗？"母亲说，"快！下来吃晚饭。"

我醒过来，顺随母亲下楼吃晚饭，母亲说得对，这一顿晚饭比从前的照片重要得多。

五

这二十年来，我写了五十几本书，由于工作忙碌，很少回乡，哥哥姊姊竟都是在书里与我相见。

有一次，姊姊和我讨论书中的情节，说："你真的经历过这些事吗?”

“是的。”我说。

“真想不到，我的同事都问我，你写的那些是不是真的，我说我也不知道呀！因为我的弟弟十五岁就离家了。”

有时候，我出国也没有通知家里的人。那时在《中国时报》当主编，时常到国外去出差，几乎走遍了半个地球。亲戚朋友偶尔会问：

“这写埃及的，是真的吗?”“这写意大利的，是真的吗?”

我的脸上并没有写过我到过的国家，我的眼里也无法映现生命那些私密经验的历程，因此，到后来连我自己也会问自己：“这些都是真的吗?”如果是假的，为什么如此真实？如果是真的，现在又在何处呢？生命的经验没有一段是真的，也没有一段是假的，回想起来，真的是如梦如幻，假的又是刻骨铭心，在走过了以后，真假只是一种认定呀！

六

有时候，不肯承认自己四十岁了，但现在的辈分又使我尴尬。

早就有人叫我“叔公”“舅公”“姨丈公”“姑丈公”了，一到做了公字辈，不认老也不行。

我是怎么突然就到了四十岁呢?

不是突然！生命的成长虽然有阶段性，每天却都是相连的，去日、今日与来日，是在喝茶、吃饭、睡觉之间流逝的，在流逝的时候并不特别警觉，但是每一个五年、十年就仿佛河流特别湍急，不免有所醒觉。

看着两岸的人、风景，如同无声的黑白默片，一格一格地显影、定影，终至灰白、消失。

无常之感在这时就格外惊心，缘起缘灭在沉默中，有如响雷。

生命会不会再有一个四十年呢？如果有，我能为下半段的生命奉献什么？

由于流逝的岁月，似我非我；未来的日子，也似我非我，只有善待每一个今朝，尽其在我珍惜的每一个因缘，并且深化、转化、净化自己的生命。

七

憨山大师觉悟到“旋岚偃岳而常静，江河竞注而不流”的时候，是二十九岁。想来惭愧，二十九岁的时候我在报馆里当主笔，旋岚乱动，江河散流，竟完全没有过觉悟的念头。

现在懂了一点点佛法、体验一些些无常、关照一丝丝缘起，才知道要做一个不受人惑的人是多么艰难。幸好，选到了一双叫“菩萨道”的鞋子，对路上的荆棘、坑洞，也能坦然微笑地迈步了。

记得胡适先生在四十岁时，曾在照片上自题“做了过河卒子，只好拼命向前”，我把它改动一下“看见彼岸消息，继续拼命向前”，来作为自己四十岁的自勉。

但愿所有的朋友，也能一起前行，在生命的流逝、在因缘的变换中，都能无畏，做不受惑的人。

最有力量的，是爱

对尚未吸毒的人，爱他们！

对已经吸毒的人，救他们！

最近去上电台的一个现场节目，一位中学三年级的女生打电话进来问问题，她说：

“林先生，我们现在每天都有考试，为了应付第二天的考试，晚上往往读书到半夜还读不完，不知道我该怎么办？”

我说：“那其他的同学读得完吗？他们读不完又怎么办？难道就不睡觉了吗？”

听筒那边年轻而天真的声音说：“我有很多同学用安非他命提神，听说效果很好，可以整夜不睡觉，我也好想去试试看。”

这个回答令我惊讶，没想到中学生有那么多在吸安非他命，而且答得多么坦然，好像是喝可乐一样。

我忍不住对这一个小女孩说，既然是每天都要考试，那么今天不睡觉可以，明天不睡觉也可以，是不是可以永远不睡觉呢？何况距离联考还有二十天，能不能都不睡撑到联考呢？万一联考的时候昏死在考场，又怎么办？

再说，书是永远读不完的，纵使吃了安非他命，也不可能把书读完。要读书而有精神，必须从生活来改善，如果一个孩子能生活规律，注重营养，有好的睡眠与休闲，精神一定会够的。靠安非他命提神以应付考试，就像用黄金的丸子打麻雀，是得不偿失的。

因为许多医学界的人士已经研究出来，安非他命长期服用，不但会破坏人体的免疫系统，对人的肾脏、肝脏、心脏都有致命的伤害，会无缘无故地暴毙。同时，安非他命会导致妄想与精神错乱，一个人何苦为了小小的考试，而去做破财、伤身、害命的事呢？

“纵使什么学校都考不上，也不要吸食安非他命呀！”我对国三的女生说。她挂断电话，我心里还七上八下的，不知道她是不是听得进我说的话，而我的回答不知道有没有打消她吸毒的念头。

我想起十几年前，那时中华商场还很热闹的时候，有一天我去逛中华商场，有点内急，就跑到“爱栋”去上厕所，看到有五个十几岁的少年，神色紧张，眼神茫然地围在一块吱吱喳喳，我好奇地探头看去，发现他们正轮流地吸食强力胶，强力胶的刺鼻辛味经过搓揉，弥漫在整个公厕，再加上厕所的恶臭，使我很快地掩鼻而逃。

经过十几年，我还常想起五位少年在黑暗恶臭的公厕吸胶的表情，感到作为一个成人的悲哀，这世界多么广大，阳光多么明媚，山林如此青翠，我们为何没有能力使年轻人乐于拥抱世界，走向阳光与山林，反倒制造了一个让他们紧张茫然的环境呢？

强力胶、速赐康、红中、白板、安非他命、大麻、吗啡、海洛因……绝不是独存于环境，而是环境有了压力与苦闷，才培养了毒品滋长的环境，因此，“向毒品宣战”不能只在抓毒、戒毒上打转，而是要在环境与生活上改革，使压力与苦闷解决，毒品也就不能生存了。

我想到多年前跑出公厕，看到“爱栋”的字样时的惊愕，觉得面对毒品最有力量的应该是爱。

如果要我写一个反毒的文案，我会写：

> 对尚未吸毒的人，爱他们！
> 对已经吸毒的人，救他们！

用更多的爱，使我们的孩子不会成为毒贩的人肉叉烧包；用更多的爱，使我们的孩子不会成为毒品、赌场、三级片残害下的赤裸羔羊！

篇五：无尘

煮雪如果真有其事，别的东西也可以留下，我们可以用一个空瓶把今夜的桂花香装起来，等桂花谢了，秋天过去，再打开瓶盖，细细品尝。

温一壶月光下酒

逃　情

幼年时在老家西厢房，姐姐为我讲东坡词，有一回讲到《定风波》中一句“一蓑烟雨任平生”，这个句子让我吃了一惊，仿佛见到一个竹杖芒鞋的老人在江湖道上踽踽独行，身前身后都是烟雨弥漫，一条长路连到远天去。

“他为什么?”我问。

“他什么都不要了。”姐姐说，“所以到后来有‘回首向来萧瑟处，归去，也无风雨也无晴’之句。”

“这样未免太寂寞了，他应该带一壶酒、一份爱、一腔热血。”

“在烟雨中腾云过了，在雨里行走过了，什么都过了，还能如何?所谓‘来往烟波非定居，生涯蓑笠外无余’，生命的事一经过了，再热烈也是平常。”

年纪稍长，才知道“竹杖芒鞋轻胜马，谁怕？一蓑烟雨任平生”的境界并不容易达致，因为生命中真是有不少不可逃不可抛的东西，名利倒还在其次；至少像一壶酒、一份爱、一腔热血都是不易逃的，尤其是情爱。

记得日本小说家武者小路实笃曾写过一个故事，传说有一个久米仙人，在尘世里颇为情苦，为了逃情，入山苦修成道，一天腾云游经某地，看见一个浣纱女足胫甚白。久米仙人为之目眩神驰，凡念顿生，飘忽之间，已经自云头跌下。可见逃情并不是苦修就可以得到。

我觉得“逃情”必须是一时兴到，妙手偶得，如写诗一样，也和酒趣一样。狂吟浪醉之际，诗涌如浆，此时大可以用烈酒热冷梦，一时彻悟。倘若苦苦修炼，可能达到“好梦才成又断，春寒似有还无”的境界，离逃情尚远，因此一见到“乱头粗服，不掩国色”的浣纱女就坠落云头了。

前年冬天，我遭到情感的大创巨痛，曾避居花莲逃情，繁星冷月之际与和尚们谈起尘世的情爱之苦，谈到凄凉处连和尚都泪不能禁。如果有人问我：“世间情是何物?”我会答曰：“不可逃之物。”连冰冷的石头相碰都会撞出火来，每个石头中事实上都有火种，可见再冰冷的事物也有感性的质地，情何以逃呢?

情仿佛是一个大盆，再善游的鱼也不能游出盆中，人纵使能相忘于江湖，情是比江湖更大的。

我想，逃情最有效的方法可能是更勇敢地去爱，因为情可以病，也可以治病；假如看遍了天下的足胫，浣纱女再国色天香也无可奈何了。情者是堂堂巍巍，壁立千仞，从低处看是仰不见顶，自高处看是俯不见底，令人不寒而栗，但是如果在千仞上多走几遭，就没有那么可怖了。理学家程明道曾与弟弟程伊川共同赴友人宴席，席间友人召妓共饮，伊川正襟危坐，目不斜视，明道则毫不在乎，照吃照饮。宴后，伊川责明道不恭谨，明道先生答曰："目中有妓，心中无妓!"这是何等洒脱的胸襟，正是"云月相同，溪山各异"，是凡人所不能致的境界。

说到逃情，不只是逃人世的情爱，有时候心中有挂也是情牵。有一回，暖香吹月时节与友在碧潭共醉，醉后扶上木兰舟，欲纵舟大饮，朋友说："也要楚天阔，也要大江流，也要望不见前后，才能对月再下酒。"死拒不饮，这就是心中有挂，即使挂的是楚天大江，终不能无虑，不能万情皆忘。

越往前活，越觉得苏东坡"一蓑烟雨任平生""也无风雨也无情"词意不可得，想东坡也有"春色三分，二分尘土，一分流水。细看不是杨花，点点是离人泪"的情思；有"但愿人长久，千里共婵娟"的情愿；有"念故人老大，风流未减，独回首，烟波里"的情怨；也有"若待得君来向此，花前对酒不忍触。共粉泪，两簌簌"的情冷，可见"一蓑烟雨任平生"只是他的向往。情何以可逃呢?

煮 雪

传说在北极的人因为天寒地冻，一开口说话就结成冰雪，对方听不见，只好回家慢慢地烤来听……

这是个极度浪漫的传说，想是多情的南方人编出来的。

可是，我们假设说话结冰是真有其事，也是颇有困难，试想：回家烤雪煮雪的时候要用什么火呢？因为人的言谈是有情绪的，煮得太慢或太快都不足以表达说话的情绪。

如果我生在北极，可能要为煮的问题烦恼半天，与性急的人交谈，回家要用大火煮烤；与性温的人交谈，回家要用文火。倘若与人吵架呢？回家一定要生个烈火，才能声闻当时哔哔剥剥的火爆声。

遇到谈情说爱的时候，回家就要仔细酿造当时的气氛，先用情诗情词裁冰，把它切成细细的碎片，加上一点酒来煮，那么，煮出来的话便能使人微醉。倘若情浓，则不可以用炉火，要用烛火再加一杯咖啡，才不会醉得太厉害，还能维持一丝清醒。

遇到不喜欢的人不喜欢的话就好办了，把结成的冰随意弃置就可以了。爱听的话则可以煮一半，留一半他日细细品味，住在北极的人真是太幸福了。

但是幸福也不长驻，有时天气太冷，火生不起来，是让人着急的，只好拿着冰雪用手慢慢让它融化，边融边听。遇到性急的人恐怕要用雪往墙上摔，摔得力小时听不见，摔得用力则声振屋瓦，造成噪音。

我向往北极说话的浪漫世界，那是个宁静祥和又能自己制造生活的世界，在我们这个到处都是噪音的时代里，有时我会希望大家说出来的话都结成冰雪，回家如何处理是自家的事，谁也管不着。尤其是人多要开些无聊的会议时，可以把那块嘈杂的大雪球扔在自家前的阴沟里，让它永远见不到天日。

斯时斯地，煮雪恐怕要变成一种学问，生命经验丰富的人可以根据雪的大小、成色，专门帮人煮雪为生；因为要煮得恰到好处和说话时恰如其分一样，确实不易。年轻的恋人们则可以去借别人的“情雪”，借别人的雪来浇自己心中的块垒。

如果失恋，等不到冰雪尽融的时候，就放一把火把雪都烧了，烧成另一个春天。

温一壶月光下酒

煮雪如果真有其事，别的东西也可以留下，我们可以用一个空瓶把今夜的桂花香装起来，等桂花谢了，秋天过去，再打开瓶盖，细细品尝。

把初恋的温馨用一个精致的琉璃盒子盛装，等到青春过尽垂垂老矣的时候，掀开盒盖，扑面一股热流，足以使我们老怀堪慰。

这其中还有许多意想不到的情趣，譬如将月光装在酒壶里，用文火一起温来喝……此中有真意，乃是酒仙的境界。

有一次与朋友住在狮头山，每天黄昏时候在刻着“即心是佛”的大石头下开怀痛饮，常喝到月色满布才回到和尚庙睡觉，过着神仙一样的生活。最后一天我们都喝得有点醉了，携着酒壶下山，走到山下时顿觉胸中都是山香云气，酒气不知道跑到何方，才知道喝酒原有这样的境界。

有时候抽象的事物也可以让我们感知，有时候实体的事物也能转眼化为无形，岁月当是明证，我们活的时候真正感觉到自己是存在的，岁月的脚步一走过，转眼便如云烟无形。但是，这些消逝于无形的往事，却可以拿来下酒，酒后便会浮现出来。

喝酒是有哲学的，准备许多下酒菜，喝得杯盘狼藉是下乘的喝法；几粒花生米一盘豆腐干，和三五好友天南地北是中乘的喝法；一个人独斟自酌，举杯邀明月，对影成三人，是上乘的喝法。

关于上乘的喝法，春天的时候可以面对满园怒放的杜鹃细饮五加皮；夏天的时候，在满树狂花中痛饮啤酒；秋日薄暮，用菊花煮竹叶青，人与海棠俱醉；冬寒时节则面对篱笆间的忍冬花，用腊梅温一壶大曲。这种种，就到了无物不可下酒的境界。

当然，诗词也可以下酒。

俞文豹在《历代诗余引吹剑录》谈到一个故事，提到苏东坡有一次在玉堂日，有一幕士善歌，东坡因问曰："我词何如柳七（即柳永)?"幕士对曰："柳郎中词，只合十七八女郎，执红牙板，歌'杨柳岸，晓风残月'。学士词，须关西大汉、铜琵琶、铁棹板，唱'大江东去'。"东坡为之绝倒。

这个故事也能引用到饮酒上来，喝淡酒的时候，宜读李清照；喝甜酒时，宜读柳永；喝烈酒则大歌东坡词。其他如辛弃疾，应饮高梁小口；读放翁，应大口喝大曲；读李后主，要用马祖老酒煮姜汁到出怨苦味时最好；至于陶渊明、李太白则浓淡皆宜，狂饮细品皆可。

喝纯酒自然有真味，但酒中别掺物事也自有情趣。范成大在《骖鸾录》里提到："番禺人作心字香，用素茉莉未开者，着净器，薄劈沉香，层层相间封，日一易，不待花蔫，花过香成。"我想，应做茉莉心香的法门也是掺酒的法门，有时不必直掺，斯能有纯酒的真味，也有纯酒所无的余香。我有一位朋友善做葡萄酒，酿酒时以秋天桂花围塞，酒成之际，桂香袅袅，直似天品。

我们读唐宋诗词，乃知饮酒不是容易的事，遥想李白当年斗酒诗百篇，气势如奔雷，作诗则如长鲸吸百川，可以知道这年头饮酒的人实在没有气魄。现代人饮酒讲格调，不讲诗酒。袁枚在《随园诗话》里提过杨诚斋的话："从来天分低拙之人，好谈格调，而不解风趣，何也？格调是空架子，有腔口易描，风趣专写性灵，非天才不辨。"在秦楼酒馆饮酒作乐，这是格调，能把去年的月光温到今年才下酒，这是风趣，也是性灵，其中是有几分天分的。

《维摩经》里有一段天女散花的记载，正在菩萨为弟子讲经的时候，天女出现了，在菩萨与弟子之间遍撒鲜花，散布在菩萨身上的花全落在地上，散布在弟子身上的花却像粘连那样粘在他们身上，弟子们不好意思，用神力想使它掉落也不掉落。

仙女说："观菩萨花不着者，已断一切分别想故。譬如，人畏时，非人得其便。如是弟子畏生死故，色、声、香、味，触得其便也。已离畏者，一切五欲皆无能为也。结习未尽，花着身耳。结习尽者，花不着也。"

这也是非关格调，而是性灵。佛家虽然讲究酒、色、财、气四大皆空，我却觉得，喝酒到极处几可达佛家境界，试问，若能忍把浮名换作浅酌低唱，即使天女来散花也不能着身，荣辱皆忘，前尘往事化成一缕轻烟，尽成因果，不正是佛家所谓苦修深修的境界吗？

有情十二帖

前　生

前生，我们也是在这样的溪畔道别的吧！

要不然，我从山径一路走来，心原是十分平静的，可是我看见这条溪时，心为什么如水波一样涌动起来？周围清冽的空气，使我感到一种不知何处流来的可惊的寒冷。

以溪水为镜，我努力地想知道，这条溪与我有着什么样的因缘？或者是，我如何在溪的此岸，看着你渐去渐远的身影？或者是，同在一岸，你往下游走去，而我却溯源而上？

我什么都照映不出来，因为溪水太激动了。

这已是春天了呀！草正绿着，花正盛开，阳光正暖，溪水为什么竟有清冷而空茫的感觉呢？

想是与久远的前生有着不可知的关系。

在春天的时候，临溪而立，特别能感觉到生命是一道溪流，不知从何流来，不知流向何处。

此刻的我，仿佛是，奔流的河溪中刚刚落下的，一片叶子。

流　转

在十字路口的古董店临窗的角落，我坐在一张太师椅上，立刻就站起来，因为那张椅子上还留着别人坐过的温度。

从小我就不习惯坐别人坐过的热椅子，宁可站着等那椅子冷了，才落座。尤其古董店的椅子，据说这张椅子是清朝传下的，那美丽的雕花让我知道这不是平民的椅子，它的第一个主人曾经是富有的人吧！

现在，那个富有的人，他的财富必然已经散尽了，他的身体一定也在时空中消亡了，留下这一组椅子，没有哭笑，在午后的阳光中静静的，几乎是睡着一般。

我在古董店转了一圈，好像与时空一起流转，唐朝的三彩马，明代的铜香炉，清朝的瓷器，民初的碗盘，有很多还完美如新。有一张八仙彩，新得还像某一个脸容贞静的妇女一针一针刺绣上去，针痕还在锦上，人却已经远去了，像空气，像轻轻的铜铃声。

在古董店，我们特别能感受时光的无情，以及生命的短暂，步出古董店时我觉得，即使在早春，也应珍惜正在流转的光阴。

山雨

看着你微笑着，无声，在茫茫的雨雾中从山下走来，你撑着的花伞，在每一格石阶一朵一朵开上来，三月道旁的杜鹃与你的伞一样有艳红的颜色。在春雨的绵绵里，我的忧伤，像雨里的乱草缠绵在一起，忧伤的雨就下在我的眼中。

眼看你就要到山顶，却在坡道转弯处隐去了，隐去如山中的风景，静默。雨，也无声。

山顶的凉亭里，有人在下棋，因为棋力相当，两个人静静地对坐着，偶尔传来一声“将军”，也在林间转了又转，才会消失。

我看着满天的雨，感觉这阵雨永远也不会停。

你果然没有到山顶上，转过坡道又下山了，我看着你的背影往山下走去，转一道弯就消失了，消失成雨中的山，空茫的山。

山雨不停，我心中忧伤的雨也一如山雨。

这阵雨永远也不会停了！看着满天的雨，我这样想着。

突然听到凉亭里传来一声高扬的：将军！

四 月

我最喜欢四月的阳光，四月的阳光不愠不火，透明温润有琉璃的质感。

四月的阳光，使每一朵花都是水晶雕成，在风里唱着希望之歌，歌声五色仿佛彩虹。

四月的阳光，使每一株草都是翡翠繁生，在土地写着明日之诗，诗章湛蓝一如海洋。

在四月的阳光中，我们把冬寒的灰衣褪去，肤触着遥远天际传来的温热，使我想起童年时代，赤身奔跑过四月的田野，阳光就像母亲温暖的怀抱，然后我们跳入还留着去年冬寒的溪里游水。最后，我们带着全身琉璃的水珠躺在大石上，水一丝丝化入空中，我们就在溪边睡着了。

在四月的阳光中，草原、树林、溪流、石头都是净土，至少对无忧的孩子是这样的。所以，不论什么宗教，都说我们应胸怀一如赤子，才能进入清净之地。

四月还是四月，温暖的阳光犹在，可叹的是我们都不再是赤子了。

石 狮

我们走过生命的原野时，要像狮子一样，步步雄健，一步留下一个脚印。

我们渡过生命河流之际，要像六牙香象，中流砥柱，截河而流，主宰自己生命的河流与方向。

我们行经生命的丛林小径，要像灰鹿之王，威严而柔和，雄壮而悲悯，使跟随我们的鹿群都能平安温饱。

这些都是佛经的譬喻，是要我们期许自己像狮子一样威猛，像香象一样壮大，像鹿王一样温和庄严。当我们想起这几种动物，真有如自己站在高山顶上，俯视着莽莽的林木与茫茫的草原，也有那样的气派。

狮子是文殊师利菩萨的坐骑，白象是普贤菩萨的坐骑，都是极有威势的护法，尤其狮子更是普遍，连民间一般寺庙都是由狮子来护法的。

今天路过一座寺庙，看到门前的石狮子有不同的表情，几乎是微笑着的，然后我想起每座寺庙前的狮子，虽是石头雕成，每只的表情都有细微的不同。

即使是石狮子，也是有心，特别是在温馨的五月清晨的微风之中。

欢 喜

黄山谷有一天去拜访晦堂禅师，问禅师说："禅宗的奥义究竟是什么?"

晦堂禅师说："《论语》上说'二三子，以我为隐乎? 吾无隐乎尔。'禅对你们也没有什么隐藏，这意思你懂吗?"

黄山谷说："我不懂。"

然后，两人都沉默了，一起在山路上散步，当时，盛开的木樨花正在开放，香味满山。

晦堂问："你闻到香味了吗?"

"是，我闻到了!"黄山谷说。

"我像这木樨花香一样，没有隐瞒你呀!"禅师说。

黄山谷听了，像突然打开心眼一样开悟了。

是的，这世界从来没有隐藏过我们，我们的耳朵听见河流的声音，我们的眼睛看到一朵花开放，我们的鼻子闻到花香，我们的舌头可以品茶，我们的皮肤可以感受阳光……在每一寸的时光中都有欢喜，在每个地方都有禅悦。

我曾在一个开满凤凰花的城市住了三年，今天看到一棵凤凰花开，好像唱着歌一样，使我的眼耳鼻舌身意都洋溢着少年时代的欢喜。

院　子

农村里的秋天来得晚，但真正秋天来的时候是很写意的。

首先感觉到的是终于有黄昏的晚霞了，当河边的微风吹过，我们背着沉重的书包回家，站在家前院子往远山看去，太阳正好把半天染红；那云红得就像枫叶，仿佛一片一片就要落下来了。于是，我常常站在院子里就呆住了，一直到天边泼墨才惊醒过来。

然后，悬丝飘浮的、带着清冷的秋灯的、只照射自己的路的萤火虫，不知道是从河的对岸或树林深处来了，数目多得超乎想象，千盏万盏掠过院子，穿过弄堂，在草丛尖浮荡。有人说萤火虫是点灯来找它前世的情缘，所以灯盏才会那么的凄清闪烁，动人肝肺。

最后，是大人们扇着扇子，坐在竹椅上清喉咙：“古早、古早、古早……”说着他们的父亲、祖父一直传说不断忠孝节义的故事，听着这些故事，使我觉得秋天真是温柔，温柔中流着情义的血。我们听故事的那个院子，听说还是曾祖父用石块亲手铺成的。

秋天枫红的云，凄凉的萤火，用传说铺成的院子如今还在闪烁，可惜现在不是秋天，也找不到那个院子了。

有 情

“花，到底是怎么开起的呢?”有一天，孩子突然问我。我被这突来的问题问住了，我说：“是春天的关系吧。”

对我的答案，孩子并不满意，他说：“可是，有的花是在夏天开，有的是在冬天开呀!”

我说：“那么，你觉得花是怎样开起的呢?”

“花自己要开，就开了嘛!”孩子天真地笑着，“因为它的花苞太大，撑破了呀!”

说完孩子就跑走了，是呀！对于一朵花和对于宇宙一样，我们都充满了问号，因为我们不知它的力量与秩序是明确来自何处。

花的开放，是它自己的力量在因缘里的自然展现，它蓄积了自己的力量，使自己饱满，然后爆破，有如阳光在清晨穿破了乌云。

花开是一种有情，是一种内在生命的完成，这是多么亲切呀！使我想起，我们也应该蓄积、饱满、开放、永远追求自我的完成。

炉 香

有一天，一位老太太问赵州从谂禅师：“怎样去极乐世界呢?”

赵州说：“大家都去极乐世界吧！我只愿永远留在苦海。”

我读到这里，心弦震动，久久不能自已。一个已经开悟的禅师，他不追求极乐，而希望自己留在与众生相同的地方，在苦海中生活，这是真实的伟大的慈悲。就好像在莲花池边，大家都赶来看莲花，经过时脚步杂乱，纸屑满地，而他只愿留下来打扫莲花池。

抬起头来，我看见案前的檀香炉，香烟袅袅，飘去不可知的远方，香气在室内盘绕不息。这烟气是不是也飘往极乐世界呢？可是如果没有香炉的承受，接受火炼，檀香的烟气也不可能飞到远方。

赵州正是要做那一个大香炉，用自己的燃烧之苦来点灯众生虔诚的极乐之向往。

我也愿做烧香的铜炉，而不要只做一缕香。

天空

我和一位朋友去参观一处数有年代的古迹，我们走进一座亭子，坐下来休息，才发现亭子屋顶上刻着许多繁复、细致、色彩艳丽的雕刻，是人称“藻井”的那种东西。

朋友说：“古人为什么要把屋顶刻成这么复杂的样子？”

我说：“是为了美感吧！”

朋友说不是这样的，因为人哪有那么多的时间整天抬头看屋顶呢！

“那么，是为了什么？”我感到疑惑。

“有钱人看见的天空是这个样子的呀！缤纷七彩、金银斑斓，与他们的珠宝箱一样。”这是我第一次听见的说法，眼中禁不住流出了问号，朋友补充说：“至少，他们希望家里的天空是这样子，人的脑子塞满钱财就会觉得天空不应该只是蓝色，只有一种蓝色的天空，多无聊呀！”

朋友似笑非笑地看着藻井，又看着亭外的天空。

我也笑了。

当我们走出有藻井的凉亭时，感觉单纯的蓝天，是多么美！多么有气派！

水因有月方知静，天为无云始觉高。我突然想起这两句诗。

如　水

曾经协助丰臣秀吉统一全日本的大将军黑田孝高，他善于用水作战，曾用水攻陷了久攻不下的高松城。因此在日本历史上有“如水”的别号，他曾写过“水五则”：

一、自己活动，并能推动别人的，是水。

二、经常探求自己的方向的，是水。

三、遇到障碍物时，能发挥百倍力量的，是水。

四、以自己的清洁洗净他人的污浊，有容清纳浊的宽大度量的，是水。

五、汪洋大海，能蒸发为云，变成雨、雪，或化而为雾，又或凝结成一面如晶莹明镜的冰，不论其变化如何，仍不失其本性的，也是水。

这“水五则”，也就是“水的五德”，是值得参究的，我们每天要用很多的水，有没有想过水是什么？要怎样来做水的学习呢？

要学习水，我们要做能推动别人的、常探求自己方向的、以百倍力量通过障碍的、有容清纳浊度量的、永不失本性的人。

要学习水，先要如水一样清静、无碍才行。

茶 味

我时常一个人坐着喝茶，同一泡茶，在第一泡时苦涩，第二泡甘香，第三泡浓沉，第四泡清冽，第五泡清淡，再好的茶，过了第五泡就失去味道了。

这泡茶的过程时常令我想起人生，青涩的年少，香醇的青春，沉重的中年，回香的壮年，以及愈走愈淡、逐渐失去人生之味的老年。

我也时常与人对饮，最好的对饮是什么话都不说，只是轻轻地品茶；次好的是三言两语，再次好的是五言八句，说着生活的近事；末好的是九嘴十舌，言不及义；最坏的是乱说一通，道别人是非。

与人对饮时常令我想起，生命的境界确乎是超越言句的，在有情的心灵中不需要说话，也可以互相印证。喝茶中有水深波静、流水喧喧、花红柳绿、众鸟喧哗、车水马龙种种境界。

我最喜欢的喝茶，是在寒风冷肃的冬季，夜深到众音沉默之际，独自在清静中品茗，杯小茶浓，一饮而尽，两手握着已空的杯子，还感觉到茶在杯中的热度，热，迅速地传到心底。

犹如人生苍凉历尽之后，中夜观心，看见，并且感觉，少年时沸腾的热血，仍在心口。

吾心似秋月

白云守端禅师有一次与师父杨岐方会禅师对坐，杨岐问说：“听说你从前的师父茶陵郁和尚大悟时说了一首偈，你还记得吗?”

“记得记得，那首偈是‘我有明珠一颗，久被尘劳关琐；一朝尘尽光生，照破山河万朵。’”白云毕恭毕敬地说，不免有些得意。

杨岐听了，大笑数声，一言不发地走了。

白云怔坐在当场，不知道师父听了自己的偈为什么大笑，心里非常愁闷，整天都思索着师父的笑，找不出任何足以令师父大笑的原因。那天晚上他辗转反侧，无法成眠，苦苦地参了一夜。第二天实在忍不住了，大清早就去请教师父：“师父听到郁和尚的偈为什么大笑呢?”

杨岐禅师笑得更开心，对着眼眶因失眠而发黑的弟子说：“原来你还比不上一个小丑，小丑不怕人笑，你却怕人笑!”白云听了，豁然开悟。

这真是个幽默的公案，参禅寻求自悟的禅师把自己的心思寄托在别人的一言一行，因为别人的一言一行而苦恼，真的还不如小丑能笑骂由他，言行自在，那么了生脱死，见性成佛，哪里可以得致呢？

杨岐方会禅师在追随石霜慈明禅师时，也和白云遭遇了同样的问题。有一次他在山路上遇见石霜，故意挡住去路，问说："狭路相逢时如何？"石霜说："你且躲避，我要去那里去！"

又有一次，石霜上堂的时候，杨岐问道："幽鸟语喃喃，辞云入乱峰时如何？"石霜回答说："我行荒草里，汝又入深村。"

这些无不都在说明，禅心的体悟是绝对自我的，即使亲如师徒父子也无法同行。就好像人人家里都有宝藏，师父只能指出宝藏的珍贵，却无法把宝藏赠予。杨岐禅师曾留下禅语："心是根，法是尘，两种犹如镜上痕，痕垢尽时光始现，心法双亡性即真。"人人都有一面镜子，镜子与镜子间虽可互相照映，却是不能取代的。若把自己的喜怒哀乐寄托在别人的喜怒哀乐上，就永远在镜上抹痕，找不到光明落脚的地方。

在实际的人生里也是如此，我们常常会因为别人的一个眼神、一句笑谈、一个动作而心不安，甚至茶饭不思、睡不安枕；其实，这些眼神、笑谈、动作在很多时候都是没有意义的，我们之所以心为之动乱，只是由于我们的在乎。万一双方都在乎，就会造成"狭路相逢"的局面了。

生活在风涛泪浪里的我们，要做到不畏人言人笑，确是非常不易，那是因为我们在人我对应的生活中寻找依赖，另一方面则又在依赖中寻找自尊，偏偏，"依赖"与"自尊"又充满了挣扎与矛盾，使我们不能彻底地有人格的统一。

我们时常在报纸的社会版上看到，或甚至在生活周遭的亲朋中遇见，许多自虐、自残、自杀的人，理由往往是："我伤害自己，是为了让他痛苦一辈子。”这个简单的理由造成了许多人间的悲剧。然而更大的悲剧是，当我们自残的时候，那个“他”还是活得很好，即使真能使他痛苦，他的痛苦也会在时空中抚平，反而我们自残的伤痕一生一世也抹不掉。纵然情况完全合乎我们的预测，真使“他”一辈子痛苦，又于事何补呢？

可见，“我伤害我自己，是为了让他痛苦一辈子”是多么天真无知的想法，因为别人的痛苦而自我伤害，往往不一定使别人痛苦，却一定使自己落入不可自拔的深渊。反之，我的苦乐也应由我做主，若由别人主宰我的苦乐，那是蒙昧了心里的镜子，有如一个陀螺，因别人的绳索而转，转到力尽而止，如何对生命有智慧的观照呢？

认识自我、回归自我、反观自我、主掌自我，就成为智慧开启最重要的事。

小丑由于认识自我，不畏人笑，故能悲喜自在；成功者由于回归自我，可以不怕受伤，反败为胜；禅师由于反观自我如空明之镜，可以不染烟尘，直观世界。认识、回归、反观自我都是通向自己做主人的方法。但自我的认识、回归、反观不是高傲的，也不是唯我独尊，而应该有包容的心与从容的生活。包容的心是知道即使没有我，世界一样会继续运行，时空也不会有一刻中断，这样可以让人谦卑。从容的生活是知道即使我再紧张再迅速，也无法使地球停止一秒，那么何不以从容的态度来面对世界呢？唯有从容的生活才能让人自重。

佛教的经典与禅师的体悟，时常把心的状态称为“心水”，或“明镜”，这有甚深微妙之意，但“包容的心”与“从容的生活”庶几近之，包容的心不是柔软如心水，从容的生活不是清明如镜吗？

水，可以用任何状态存在于世界，不管它被装在任何容器，都会与容器处于和谐统一，但它不会因容器是方的就变成方的，它无须争辩，却永远不损伤自己的本质，永远可以回归到无碍的状态。心若能持平清净如水，装在圆的或方的容器，甚至在溪河大海之中，又有什么损伤呢？

水可以包容一切，也可以被一切包容，因为水性永远不二。

但如水的心，要保持在温暖的状态才可起用，心若寒冷，则结成冰，可以割裂皮肉，甚至冻结世界。心若燥热，则化成烟气消逝，不能再觅，甚至烫伤自己，燃烧世界。

如水的心也要保持在清净与平和的状态才能有益，若化为大洪、巨瀑、狂浪，则会在汹涌中迷失自我，及至伤害世界。

我们在现实生活中所以会遭遇苦痛，正是无法认识心的实相，无法恒久保持温暖与平静，我们被炽热的情绪燃烧时，就化成贪婪、嗔恨、愚痴的烟气，看不见自己的方向；我们被冷酷的情感冻结时，就凝成傲慢、怀疑、自怜的冰块，不能用来洗涤受伤的创口了。

禅的伟大正在这里，它不否定现实的一切冰冻、燃烧、澎湃，而是开启我们的本质，教导我们认识心水的实相，心水的如如之状，并保持这“第一义”的本质，不因现实的寒冷、人生的热恼、生活的波动，而忘失自我的温暖与清净。

镜，也是一样的。

一面清明的镜子，不论是最美丽的玫瑰花或最丑陋的屎尿，都会显出清楚明确的样貌；不论是悠忽缥缈的白云或平静恒久的绿野，也都能自在扮演它的状态。

可是，如果镜子脏了，它照出的一切都是脏的，一旦镜子破碎了，它就完全失去觉照的功能。肮脏的镜子就好像品格低劣的人，所见到的世界都与他一样卑劣；破碎的镜子就如同心性狂乱的疯子，他见到的世界因自己的分裂而无法起用了。

禅的伟大也在这里，它并不教导我们把屎尿看成玫瑰花，而是教我们把屎尿看成屎尿，玫瑰看成玫瑰；它既不否定卑劣的人格，也不排斥狂乱的身心，而是教导卑劣者擦拭自我的尘埃，转成清明，以及指引狂乱者回归自我，有完整的观照。

水与镜子是相似的东西，平静的水有镜子的功能，清明的镜子与水一样晶莹，水中之月与镜中之月不是同样的月之幻影吗？

禅心其实就在告诉我们，人间的一切喜乐我们要看清，生命的苦难我们也该承受，因为在终极之境，喜乐是映在镜中的微笑，苦难是水面偶尔飞过的鸟影。流过空中的鸟影令人怅然，镜里的笑痕令人回味，却只是偶然的一次投影呀！

唐朝的光宅慧忠禅师，因为修行甚深微妙，被唐肃宗迎入京都，待以师礼，朝野都尊敬为国师。

有一天，当朝的大臣鱼朝恩来拜见国师，问曰：“何者是无明，无明从何起？”

慧忠国师不客气地说：“佛法衰相今现，奴也解问佛法！”（佛法快要衰败了，像你这样的人也懂得问佛法！）

鱼朝恩从未受过这样的屈辱，立刻勃然变色，正要发作，国师说：“此是无明，无明从此起。”（这就是蒙蔽心性的无明，心性的蒙蔽就是这样开始的。）

鱼朝恩当即有省，从此对慧忠国师更为钦敬。

正是如此，任何一个外在因缘而使我们波动都是无明，如果能止息外在所带来的内心波动，则无明即止，心也就清明了。

大慧宗杲禅师也有一个类似的故事，有一天，一位将军来拜见他，对他说："等我回家把习气除尽了，再来随师父出家参禅。"

大慧禅师一言不发，只是微笑。

过了几天，将军果然又来拜见，他说："师父，我已经除去习气，要来出家参禅了。"

大慧禅师说："缘何起得早，妻与他人眠。"（你怎么起得这么早，让妻子在家里和别人睡觉呢?）

将军大怒："何方僧秃子，焉敢乱开言!"

禅师大笑，说："你要出家参禅，还早呢!"

可见要做到真心体寂，哀乐不动，不为外境言语流转迁动是多么不易。我们被外境的迁动就有如对着空中撒网，必然是空手而出，空手而回，只是感到人间徒然，空叹人心不古，世态炎凉罢了。禅师，以及他们留下的经典，都告诉我们本然的真性如澄水、如明镜、如月亮，我们几时见过大海被责骂而还口，明镜被称赞而欢喜，月亮被歌颂而改变呢？大海若能为人所动，就不会如此辽阔；明镜若能被人刺激，就不会这样干净；月亮若能随人而转，就不会那样温柔遍照了。

两袖一甩，清风明月；仰天一笑，快意平生；布履一双，山河自在；我有明珠一颗，照破山河万朵……这些都是禅师的境界，我们虽不能至，心向往之，如果可以在生活中多留一些自己给自己，不要千丝万缕地被别人迁动，在觉性明朗的那一刻，或也能看见般若之花的开放。

历代禅师中最不修边幅，不在意别人眼目的就是寒山、拾得，寒山有一首诗说：

吾心似秋月，碧潭清皎洁。

无物堪比伦，更与何人说。

明月为云所遮，我知明月犹在云层深处；碧潭在无声的黑夜中虽不能见，我知潭水仍清。那是由于我知道明月与碧潭平常的样子，在心的清明也是如此。

可叹的是，我要用什么语言才说得清楚呢？寒山大师在很久很久以前就有这样清澈动人的叹息了！

步步起清风

这个世界上，有许多人可以告诉我们远方的美景，

却没有一个人，能代替我们走茫茫的夜路。

我们的脚下虽是方寸，方寸里自有乾坤。

我很喜欢禅宗的一个公案：

五祖法演禅师门下有三个杰出的弟子，佛果克勤、佛鉴慧动、佛眼清远，时人号称“三佛”。

有一天，法演带着三个弟子，在山下的凉亭夜话，回寺的时候，灯突然灭了。

在黑暗中，法演叫每一位弟子说出自己的心境。

佛鉴说：“彩凤丹宵。”

佛眼说：“铁蛇横古路。”

佛果说：“看脚下！”

法演当场给佛果印可说：“将来传扬我的宗风只有你呀！”后来，佛果克勤禅师果然宗风大盛。

我喜欢这个公案，原因是它的直截了当，一个人在无灯的黑夜走路，不必思维，只要看脚下就好。其次，我喜欢它的明白平常，简单的三个字就说明了，禅的根本精神是从站立的地方安身立命，没有比脚下更重要的地方了，因为一失足就成千古恨。

“看脚下”虽然如此简明易懂，却意味深长，六祖所说的“密在汝边”，祖师所说的“会心不远”，都是在说明真正美妙的心灵经验，不必到远处去追求。可惜大部分的人，都是舍弃了心灵的空地，去追求远处的境界，那就无法“即心是道场”，不能即刻点起已被风吹熄的烛火，继续前进。

不能看脚下的人，自然不能立定脚跟，这在禅宗里叫作“脚跟未点地”，也叫作“脚下生烟”，一个人的脚下如果生起烟雾，便无法落实于真切的生命，就好像腾云驾雾地过着虚妄的生活。

有时候我到寺庙里参访，在门槛的柱子上，或在容易跌倒的阶梯上，就会看见贴着“看脚下”三字，顿时心里一阵感动，有一种体贴之感，因为那时如果不看脚下，立刻就会跌倒了。

“看脚下”其实包括了禅宗几个重要的精神，第一个精神是要活在当下，不活在过去与未来之中。人生的忧恼，大部分是来自过去习气的牵绊，以及对未来欲望的企图，如果时刻活在现前的一境，忧恼立即得到截断，例如喝茶的时候，如果专注于喝茶，不心思外驰，立刻可以得到专注之境。这不只是开悟的境界，一般人也可以领受和体验。

马祖道一禅师开悟以后，声名大噪，他未出家前结交的几位老朋友，对马祖的开悟半信半疑，于是相约一起去见马祖，并且希望能沿路想一些问题去请教请教。

这几位农民出发不久，就看见一只老黄牛绑在大树上，鼻子穿了一根绳子。黄牛由于不能走远，就绕这棵树行走，最后把鼻子碰在树上，又往反方向绕，越转越紧，又碰在树上，其中一位就说："我们就拿这件事去请示马祖好了。"

再往前走不久，突然看见一只秋蝉飞来，脚跟被蜘蛛丝黏住了，飞不过去，心里一着急，吱吱大叫。蜘蛛看见秋蝉黏在树上，立刻赶过来要吃它，在这生死关头，秋蝉奋力一冲，呼噜一声，离开蛛丝飞走了。其中一位说："我们再把这件事去请示马祖。"

最后，他们见到马祖，第一位就问说："如何是团团转?"

"只因绳子不断。"

"绳子断了，又如何?"

"逍遥自在去也!"

马祖的老朋友听了都很吃惊，马祖明明没见到老牛，怎么知道我们问什么呢？第二位又问：

"如何是吱吱叫?"

"因脚下有丝!"

"丝断了，又如何?"

"呼噜飞去了!"

马祖的老朋友当下都得到了开启。

使人生不能自在的，是由于过去习气的绳子拉着我们团团转；使我们不能自由的，是情丝无法斩断。如果能回到脚下，一念不生，就自由自在了。

第二个看脚下的精神，是以平常心过日常生活，例如经常教人参"无"字公案的赵州禅师，每每对初来的人说"吃茶去!""吃粥也未?"

马祖道一也说："吃饭时吃饭，睡觉时睡觉。"百丈怀海说的："一日不作，一日不食。"都是在示人，以圆融的态度来过平常的生活，而不是去追求不着边际的开悟。

"看脚下"是以平等的态度来对待生活里的一切，不为某些特殊的目的而放弃对历程的深思与体验，在每一个朝夕，都能"不离当处湛然"，如果喝茶吃粥时有湛然清明的心，其尊贵至高并不逊于人间伟大的事功。

《六祖坛经》一开始时就说："于一切时中，念念自见，万法无滞，一真一切真，万境自如如。如如之心，即是真实。若如是见，即是无上菩提之自性也。"

在每一刻的真实中，万法的真实即在其中，"掬水月在手，弄花香满衣"，掬水或弄花是平常而平等的，明月在手、花香满衣就变得十分自然。如果不能善待眼前的片刻，不就像以手捉月、舍花逐香吗？哪里可得呢？

看脚下的第三个精神，是以法为灯，以自为灯，去除依赖的心。

山中的烛火熄了，不仅要照看自己的脚下，还要以自己的眼睛和心灵为灯，小心地走路，这个世界上虽有许多人可以告诉我们远处美丽的风景，却没有一个人能代替我们走茫茫的夜路。

只要点燃心中的灯，一心一意地生活下去，便可以展现充实的生命。一般人无法见及生命的丰盈，不能免于恐惧，只缘于没有脚跟着地罢了。

接着，我们的灯如果燃起，就可以照看到"看脚下"的最高境界，是云门禅师所说的"日日是好日"，不管晴、雨、悲、喜，身心都能安然，甚至于连心痛的时刻，都能知道明日可能没有心痛之境，而坦然欢喜。

“日日是好日”，表面上是“每天都是黄道吉日”的意思，但内在里更深切的意义是“不忧昨日，不期明日”，是有好的心来看待或喜或悲的今天，是有好的步伐，穿越每日的平路或荆棘，那种纯真、无染、坚实的脚步，不会被迷乱与动摇。

在喜乐的日子，风过而竹不留声；在无聊的日子，不风流处也风流；在苦恼的日子，灭却心头火自凉；在平凡的日子，有花有月有楼台；随处做主，立处皆真，因为日日是好日呀！

“看脚下”真是一句韵味深长的话，这是为什么从前把修行人走的路叫作“虎视牛行”——有老虎一样炯炯的眼神，和牛一般坚实的步伐；也叫作“华严狮子”——每一步都留下深刻的脚印。

从远的看，人生行路苍茫，似乎要走很多的步幅；从近的看，生死之间短促，只是一步之间；在每一步里，脚底都有清凉的风，则每一步都不会错过。

那么，不管灯熄灯亮，不管风雨雷电，不管高山深谷，回来看脚下吧！脚下虽是方寸，方寸里自有乾坤。

平常心不是道

现在学禅的人，或甚至不学禅的人最常挂在口边的一句是“平常心是道”。

对于学禅的人，历来的祖师不都告诉我们，道在寻常日用之间吗？因此，“饥来吃饭，困来即眠”是道，“行住坐卧，应机接物”是道，“喝茶、吃粥、洗钵”也是道，连瓦砾里都有无上法，何况是平常心呢？所以，大家只顾吃饭、睡觉就好了，哪里用得着拼老命地修行呢？

对于不学禅的人，有许多从禅宗里盗了“平常心是道”的话，就以此为借口，认为天下无道可学，只要平常过日子就好了，甚至嘲笑那些困苦修行的人说：“你们的祖师不是说平常心是道吗？何用这样精进辛苦地修行？”

到底，平常心是不是道呢？

要知道平常心是不是道，我们先来看“平常心是道”的起源。

中国禅宗史上，第一位提出“平常心是道”的是马祖道一禅师，在《景德传灯录》里记载他向门人的开示：“道不用修，但莫污染。

何为污染？但有生死心，造作趣向，皆是污染。若欲直会其道，平常心是道。谓平常心，无造作、无是非、无取舍、无断常、无凡无圣。”这是“平常心是道”的来源。

在这段开示后，马祖道一禅师又有一些话用来解释“平常心是道”，我在这里摘取易于了解的段落：

“行住坐卧，应机接物，尽是道。道即是法界，乃至河沙妙用，不出法界。”

“名等义等，一切诸法皆等，纯一无杂。若于教门中得，随时自在。建立法界，尽是法界；若立真如，尽是真如。若立理，一切法尽是理；若立事，一切法尽是事。”

“一切法皆是佛法，诸法即解脱，解脱者即真如，诸法不出于真如，行住坐卧，悉是不思议用，不待时节。”

这些都是白话，不难明白，意思是当一个人反观自心，证得妙用的本性，他就能进入纯粹自在平等无我的境界，那时他了解达到自性是没有生灭的，知道法身无穷遍满十方。到了这个时候，他自然能平常地对待外在事物，不会为造作、是非、取舍、断常、凡圣所执着了。

也即是说，当一个人明心见性，不为外来的情况所转动的时候，他才能时时无碍，处处自在，事理双通，进入平常的世界。平常不是指外面的改变，而是说不论碰到任何景况，自己的心性都能不动如一。

了解到这一层，我们就知道“平常心是道”没有那么简单，在禅的精神里，只有见性人才能说“平常心是道”，一般学禅的人，心性都还没找到，怎么谈得上平常心呢？

因此，对刚开始修行的人，平常心不是道，而是流血奋斗的事业，要透过非常的努力追求心性的开悟，而不能一开始就像祖师们一样说“平常心是道”。

关于“平常心是道”，最有名的一首诗是宋朝无门慧开的作品：

> 春有百花秋有月，夏有凉风冬有雪。
> 若无闲事挂心头，便是人间好时节。

像我们每天闲事挂在心头的人，只有时常对自己提醒“平常心不是道”，勇猛求菩提，才有机会体验四季的每一时刻都是“好时节”的平常心，否则大海红尘、平地波涛，刹那就把我们淹埋，哪里还有什么平常心！

柔软的耕耘

童年时代，家里务农，种了许多作物，不管是要种什么，父亲带我们做的第一件事情就是翻松土地。

如果是种稻子或甘蔗，就用牛犁，一行一行地把土地翻过来，再翻过去，最少要把两尺深的硬土整个松过一遍。父亲的说法是：“土地是有地力的，种过的土地表层已经耗去地力，所以要把有地力的沙土，从深的地方翻出来。而且，僵硬的土地是什么作物也不能种植的，柔软的土地才是有用的土地。”

如果是尚未种过的土地，就要用锄头松土，因为怕牛犁损坏了。先要把地上的杂草拔除，然后一锄一锄地掘下去，掘起来的土中夹着石头，要把石头拾到挑篮里。这些石头被挑到田畔去做水圳，以利灌溉和排水，并保护土地。

第一次耕种的土地要掘到四尺深，工作是非常繁剧的。

“为什么要掘这么深？”有一次我问父亲。

他说：“不管是种什么作物，根是最要紧的，根长得深，长得牢固，作物的生长就没有问题。要根长得深和牢固，就要把石头和野草的根彻底地除去，要使土地松软。土地若是不松软，以后撒再多肥料也没有用呀!”

童年松土的记忆深埋在我的心里，知道强根固本的重要，但若没有柔软的土地，强根固本也就成为妄谈。人也是和土地一样，要先把心地松软了，一切菩提、智慧、慈悲，以及好的良善的品性，才有可能长得好。即使是年年长好作物的农田，也要每年除草、松土，才能种新的作物。

因此，一切正面的品德，最基础和根本的就是有一颗柔软的心。

柔软心在佛教的经典里常被提到，例如把十地菩萨的第五地称为“柔软地”。如来常教我们要有柔软的心、柔软的行为、柔软的语言；要柔顺、柔法、柔和忍辱、柔和质直。

例如在《法华经》里，佛就说柔和忍辱是如来的心，如果一个人有柔和忍辱的心，就可以防止一切嗔怒的毒害，如衣服可以防止寒热一样。佛说：“如来衣者，柔和忍辱心是。”“诸有修功德，柔和质直者，则皆见我身，在此而说法。”

例如在《大集经》里，佛说：“于众生中常柔软语故，得梵音相。”因而把如来温和柔软的声音，称为清净殊妙之相。

什么是柔软心呢？就是不执着、不染杂、不僵化、能出污泥而不染的心。是指慧心柔软的人，能随顺真理，既能随顺人的本性不相违逆，又能与实相之理不相乖违。所以在《十住毗婆沙论》里说：“柔软心者，谓广略止观相顺修行，成不二心也。譬如以水取影，清净相资而成就也。”那么，柔软心也可以说是不二的心，不分别的心，清净的心。

有柔软心的人才能真正地生起道德，也才能以这种柔软使别人生起道德。贤首菩萨曾说：“柔和质直摄生德。”意思是慈悲平等、质直无伪的人，才能摄化众生进入正法。

我们都知道，佛教里以清净的莲花作为法的象征。莲花的十德里第五德就是“柔软不涩，菩萨修慈善之行，然于诸法亦无所滞碍，故体常清净，柔软细妙而不粗涩，譬如莲花体性柔软润泽。”(《佛说除盖障菩萨所问经》) 所以，莲花也叫作“柔软花”。

据说在天界最鲜白柔软的花曼殊沙华，也叫作“柔软花”。不知道莲花与曼殊沙华是不是相同，但是把人间天上最美的花都叫作“柔软花”，可以见到其中深切的寓意。在西方净土诞生的人不也是在莲花上化生吗？可见，柔软，是独步于天上、人间、净土的。一个真正柔软心的人，在任何地方都是出入自由。传说地藏菩萨在地狱行走的时候，焚烧人的烈焰，一时之间都化成柔软美丽的红莲花来承接他的双足呀！

有柔软地才会耕耘出柔软心，不是来自印度的观念，中国本来就有。

传说老子的老师常枞要死的时候，老子去问法，请老师说出最后的教化。

常枞缓缓张开嘴巴，叫老子往嘴巴里看，问老子说：“你看见什么？”

老子说：“我只看见舌头。”

常枞说：“牙齿还安在吗？”

老子说：“牙齿都没有了。”

常枞说：“这就是我给你上的最后一课。”

老子又问：“而今而后，我要向谁请教？”

常枞说："你要以水为师，你可看河床的石头虽然坚硬无比，不久就被水穿成孔、流成槽了。"

说完，常枞就仙逝了。

这是中国古代讲柔软心的动人故事。常枞"以水为师"的教化可以和佛圆寂时说的"以戒为师"相互比美。以水的柔软为师，能知道天下最坚强的就是柔软；以戒的清净为师，能知道天下最有力量的是清净。

老子以水为师，说出了千古的真意："守柔日强"，"弱之胜强，柔之胜刚"，"天下莫柔弱于水，而攻坚强者莫之能胜"，"江海所以能为百谷王者，以其善下之"。老子是通达柔软心的真实开悟者。

柔软的水才能千回百转，或成平湖、或成瀑布、或成湍流，天下没有可以阻挡的。柔软的土地才能生机绵延，或在平原、或在奇峰、或在污泥，都能展现生命的活力。柔软的心才能超越人生世相，或处痛苦、或陷逆境、或逢艰危，都能有着宽容、感恩、谦卑、无畏的心情。

故知柔软心是觉悟、是菩提、是般若波罗蜜多，是成就一切法门的根本心，也是一切法门成就的境界。

当我们说到修行，修行就是不断地松土、除草、捡石头，使土地维持在最好的状况吧！土地如果在最好的状况，随便撒一把种子，生机就会有无限的绵延。

童年松土的时候，时常会踩到石头跌伤，锄伤自己的脚踝，被虫蚁咬肿，甚至偶遇西北雨，回家就感冒了。但只要知道那是使土地柔软所必须付出的代价，就能安于刺痛、锄伤，与感冒。

每年，在土地完全翻松的时候，我站在田岸上，看着老牛吃草，白鹭鸶在土地上嬉戏，就仿佛已看见黄金色的稻子在晨风中点头微笑，看见了油菜花嫩黄的颜彩上有彩蝶翩翩，看见了和风吹抚在翠绿的芋叶上，夕照前的晚霞横过天际……

在土地翻松那一刻，我们已看见收成的景致呀！一个人有了柔软心也如是，仿佛闻到了《法华经》说的“花果同时”的芬芳！

四随

随　喜

在通化街入夜以后，常常有一位乞者，从阴暗的街巷中冒出来。

乞者的双腿齐根而断，他用厚厚包着棉布的手掌走路。他双手一撑，身子一顿就腾空而起，然后身体向一尺前的地方扑跌而去，用断腿处点地，挫了一下，双手再往前撑。

他一走路几乎是要惊动整条街的。

因为他在手腕的地方绑了一个小铝盆，那铝盆绑的位置太低了，他一“走路”，就打到地面咚咚作响，仿佛是在提醒过路的人，不要忘了把钱放在他的铝盆里面。

大部分人听到咚咚的铝盆声，俯身一望，看到时而浮起时而顿挫的身影，都会发出一声惊诧的叹息。但是，也是大部分的人，叹息一声，就抬头仿佛未曾看见什么的走过去了。只有极少极少的人，怀着一种悲悯的神情，给他很少的布施。

人们的冷漠和他的铝盆声一样令人惊诧！不过，如果我们再仔细看看通化夜市，就知道再悲惨的形影，人们已经见惯了。短短的通化街，就有好几个行动不便、肢体残缺的人在卖奖券，有一位点油灯弹月琴的老人盲妇，一位头大如斗四肢萎缩摊在木板上的孩子，一位软脚全身不停打摆的青年，一位口水像河流一般流淌的小女孩，还有好几位神智纷乱来回穿梭终夜胡言的人……这些景象，使人们因习惯了苦难而逐渐把慈悲盖在冷漠的一个角落。

那无腿的人是通化街里落难的乞者之一，不会引起特别的注意，因此他的铝盆常是空着的。他为了引起人们的注意，有时故意来回迅速地走动，一浮一顿，一顿一浮……有时候站在街边，听到那急促敲着地面的铝盆声，可以听见他心底多么悲切的渴盼。

他恒常戴着一顶斗笠，灰黑的，有几茎草片翻卷了起来，我们站着往下看，永远看不见他脸上的表情，只能看到那有些破败的斗笠。

有一次，我带孩子逛通化夜市，忍不住多放了一些钱在那游动的铝盆里，无腿者停了下来，孩子突然对我说："爸爸，这没有脚的伯伯笑了，在说谢谢！"这时我才发现孩子站着的身高正与无腿的人一般高，想是看见他的表情了。无腿者听见孩子的话，抬起头来看我，我才看清他的脸粗黑，整个被风霜腌渍，厚而僵硬，是长久没有使用过表情的那种。后来，他的眼睛和我的眼睛相遇，我看见了这一直在夜色中被淹没的眼睛，透射出一种温暖的光芒，仿佛在对我说话。

在那一刻，我几乎能体会到他的心情，这种心情使我有着悲痛与温柔交错的酸楚。然后他的铝盆又响了起来，向街的那头响过去，我的胸腔就随他顿挫顿浮的身影而摇晃起来。

我呆立在街边，想着，在某一个层次上，我们都是无脚的人，如果没有人与人间的温暖与关爱，我们根本就没有力量走路，不管在任何时候任何地方，我们见到了令我们同情的人而行布施之时，我们等于在同情自己，同情我们生在这苦痛的人间，同情一切不能离苦的众生。倘若我们的布施使众生得一丝喜悦温暖之情，这布施不论多少就有了动人的质地，因为众生之喜就是我们之喜，所以佛教里把布施、供养称为“随喜”。

这随喜，有一种非凡之美，它不是同情、不是悲悯，而是因众生喜而喜，就好像在连绵的阴雨之间让我们看见一道精灿的彩虹升起，不知道阴雨中有彩虹的人就不会有随喜的心情。因为我们知道有彩虹，所以我们布施时应怀着感恩，不应稍有轻慢。

我想起经典上那伟大充满了庄严的维摩诘居士，在一个动人的聚会里，有人供养他一些精美无比的璎珞，他把璎珞分成两份，一份供养难胜如来佛，一份布施给聚会里最卑下的乞者，然后他用一种威仪无匹的声音说：“若施主等心施一最下乞人，犹如如来福田之相，无所分别，等于大悲，不求果报，是则名曰具足法施。”

他甚至警策地说，那些在我们身旁一切来乞求的人，都是位不可思议解脱菩萨境界的菩萨来示现的，他们是来考验我们的悲心与菩提心，使我们从世俗的沦落中超拔出来。我们若因乞求而布施来植福德，我们自己也只是个乞求的人，我们若看乞者也是菩萨，布施而怀恩，就更能使我们走出迷失的津渡。

我们布施时应怀着最深的感恩，感恩我们是布施者，而不是乞求的人；感恩那些秽陋残疾的人，使我们警醒，认清这是不完满的世界，我们也只是一个不完满的人。

“一切菩萨所修无量难行苦行，志求无上正等菩提，广大功德，我皆随喜。如是虚空界尽、众生界尽、众生烦恼尽，我此随喜无有穷尽”

我想，怀着同情、怀着悲悯，甚至怀着苦痛、怀着鄙夷来注视那些需要关爱的人，那不是随喜，唯有怀着感恩与菩提，使我们清和柔软，才是真随喜。

随 业

打开孩子的饼干盒子，在角落的地方看到一只蟑螂。

那蟑螂静静地伏在那里，一动也不动，我看着这只见到人不逃跑的蟑螂而感到惊诧的时候，突然看见蟑螂的前端裂了开来，探出一个纯白色的头与触须，接着，它用力挣扎着把身躯缓缓地蠕动出来，那么专心、那么努力，使我不敢惊动它，静静蹲下来观察它的举动。

这蟑螂显然是要从它破旧的躯壳中蜕变出来，它找到饼干盒的角落脱壳，一定认为这是绝对的安全之地，不想被我偶然发现，不知道它的心里有多么心焦。可是再心焦也没有用，它仍然要按照一定的程序，先把头伸出，把脚小心地一只只拔出来，一共花了大约半小时的时间，蟑螂才完全从它的壳用力走出来，那最后一刻真是美，是石破天惊的，有一种纵跃的姿势。我几乎可以听见它喘息的声音，它也并不立刻逃走，只是用它的触须小心翼翼地探着新的空气、新的环境。

新出壳的蟑螂引起我的叹息，它是纯白的几近于没有一丝杂质，它的身体有白玉一样半透明的精纯的光泽。这日常引起我们厌恨的蟑螂，如果我们把所有对蟑螂既有的观感全部摒除，我们可以说那蟑螂有着非凡的惊人之美，就如同是草地上新蜕出的翠绿的草蝉一样。

当我看到被它脱除的那污迹斑斑的旧壳，我觉得这初初钻出的白色小蟑螂也是干净的，对人没有一丝害处。对于这纯美干净的蟑螂，我们几乎难以下手去伤害它的生命。

后来，我养了那蟑螂一小段时间，眼见它从纯白变成灰色，再变成灰黑色，那是转瞬间的事了。随着蟑螂的成长，它慢慢地从安静的探触而成为鬼头鬼脑的样子，不安地在饼干盒里骚爬，一见到人或见到光，它就不安焦急地想要逃离那个盒子。

最后，我把它放走了，放走的那一天，它迅速从桌底穿过，往垃圾桶的方向遁去了。

接下来好几天，我每次看到德国种的小蟑螂，总是禁不住地想，到底这里面，哪一只是我曾看过它美丽的面目、被我养过的那只纯白的蟑螂呢？我无法分辨，也不须去分辨，因为在满地乱爬的蟑螂里，它们的长相都一样，它们的习气都一样，它们的命运也是非常类似的。

它们总是生活在阴暗的角落，害怕光明的照耀，它们或在阴沟，或在垃圾堆里度过它们平凡而肮脏的一生。假如它们跑到人的家里，等待它们的是克蟑、毒药、杀虫剂，还有用它们的性费洛姆做成来诱捕它们的蟑螂屋，以及随时踩下的巨脚，擎空打击的拖鞋，使它们在一击之下尸骨无存。

这样想来，生为蟑螂是非常可悲而值得同情的，它们是真正的

“流浪生死，随业浮沉”，这每一只蟑螂是从哪里来投生的呢？它们短暂的生死之后，又到哪里去流浪呢？它们随业力的流转到什么时候才会终结呢？为什么没有一只蟑螂能维持它初生时纯白、干净的美丽呢？

这无非都是业。

无非是一个不可知的背负。

我们拼命保护那些濒临绝种的美丽动物，那些动物还是绝种了。我们拼命创造各种方法来消灭蟑螂，蟑螂却从来没有减少，反而增加。

这也是业，美丽的消失是业，丑陋的增加是业，我们如何才能从业里超拔出来呢？从蟑螂，我们也看出了某种人生。

随 顺

在和平西路与重庆南路交口的地方，每天都有卖玉兰花的人，不只在天气晴和的日子，他们出来卖玉兰花，有时是大风雨的日子，他们也来卖玉兰花。

卖玉兰花的人里，有两位中年妇女，一胖一瘦；有一位削瘦肤黑的男子，怀中抱着幼儿；有两个小小的女孩，一个十岁，一个八岁；偶尔，会有一位背有点弯的老先生，和一位白发苍苍的老妇，也加入贩卖的阵容。

如果在一起卖的人多，他们就和谐地沿着罗斯福路、新生南路步行扩散，所以有时候沿着和平东西路走，会发现在复兴南路口、建国南路口、新生南路口、罗斯福路口、重庆南路口都是几张熟悉的脸孔。

卖花的不管是老人还是孩子，他们都非常和气，端着用湿布盖好以免玉兰枯萎的木盘子从面前走过，开车的人一摇手，他们绝不会有任何的嗔怒之意。如果把车窗摇下，他们会赶忙站到窗口，送进一缕香气来。在绿灯亮起的时候，他们就站在分界的安全岛上，耐心等候下一个红灯。

我自己就是大学教授、交通专家所诅咒的那些姑息着卖玉兰花的人，不管是在什么样的路口，遇到任何卖玉兰花的人，我总是忘了交通安全的教训，买几串玉兰花，买到后来，竟认识了罗斯福路、重庆南路口几位卖玉兰花的人。

买玉兰花时，我不是在买那些清新怡人的花香，而是买那生活里辛酸苦痛的气息。

每回看到卖花的人，站在烈日下默默拭汗，我就忆起我的童年时代为了几毛钱在烈日下卖枝仔冰，在冷风里卖枣子糖的过去。在心里，我可以贴近他们心中的渴盼，虽然他们只是微笑着挨近车窗，但在心底，是多么希望，有人摇下车窗，买一串花。这关系着人间温情的一串花才卖十元，是多么便宜，但便宜的东西并不一定廉价，在冷气车里坐着的人，能不能理解呢？

几个卖花的人告诉我，最常向他们买花的是计程车司机，大概是计程车司机最能理解辛劳奔波的生活是什么滋味，他们对街中卖花者遂有了最深刻的同情。其次是开小车子的人。最难卖的对象是开着豪华进口车、车窗是黑色的人，他们高贵的脸一看到玉兰花贩走近，就冷漠地别过头去。

有时候，人间的温暖和钱是没有关系的，我们在烈日焚烧的街头动了不忍之念，多花十元买一串花，有时在意义上胜过富者为了表演慈悲、微笑照相登上报纸的百万捐输。

不忍？

是的，我买玉兰花时就是不忍看人站在大太阳下讨生活，他们为了激起人的不忍，有时把婴儿也背了出来，有人批评他们把孩子背到街上讨取人的同情是不对的。可是我这样想：当妈妈出来卖玉兰花时，孩子要交给保姆或佣人吗？当我们为烈日曝晒而心疼那个孩子，难道他的母亲不痛心吗？

遇到有孩子的，我们多买一串玉兰花吧！不要问什么理由。

我是这样深信：站在街头的这一群沉默卖花的人，他们如果有更好的事做，是绝对不会到街上来卖花的。

设身处地地为苦恼的人着想，平等地对待他们，这就是“随顺”，我们顺着人的苦难来满他们的愿，用更大的慈和的心情让他们不要在窗口空手离去，那不是说我们微薄的钱真能带给卖花的人什么利益，而是说我们因有这慈爱的随顺，使我们的心更澄澈，更柔软，洗涤了我们的污秽。

“一切众生而为树根，诸佛菩萨而为华果，以大悲水饶益众生，则能成就诸佛菩萨智慧华果。”

我买玉兰花的时候，感觉上，是买一瓣心香。

随　缘

有一位朋友，她养了一条土狗，狗的左后脚因被车子辗过，成了瘸子。

朋友是在街边看到这条小狗的，那时小狗又脏又臭，在垃圾堆里捡拾食物，朋友是个慈悲的人，就把它捡了回来，按照北方习俗，名字越俗贱的孩子越容易养，朋友就把那条小狗正式命名为“小瘸子”。

小瘸子原是人见人恶的街狗，到朋友家以后就显露出它如金玉的一些美质。它原来是一条温柔、听话、干净、善解人意的小狗，只是因为生活在垃圾堆，它的美丽一直未被发现吧。它的外表除了有一点土，其实也是不错的，它的瘸，到后来反而是惹人喜爱的一个特点，因为它不像平凡的狗乱纵乱跳，倒像一个温驯的孩子，总是优雅地跟随它美丽的女主人散步。

朋友对待小瘸子也像对待孩子一般，爱护有加，由于她对一条瘸狗的疼爱，在街闾中的孩子都唤她：“小瘸子的妈妈。”

小瘸子的妈妈爱狗，不仅孩子知道，连狗们也知道，她有时在外面散步，巷子里的狗都跑来跟随她，并且用力地摇尾巴，到后来竟成为一种极为特殊的景观。

小瘸子慢慢长大，成为人见人爱的狗，天天都有孩子专程跑来带它去玩，天黑的时候再带回来。由于爱心，小瘸子竟成为巷子里最得宠的狗，任何名种狗都不能和它相比。也因为它的得宠，有人以为它身价不凡，一天夜里，小癞子狗被抱走了，朋友和她的小女儿伤心得就像失去一个孩子。巷子里的孩子也惘然失去最好的玩伴。

两年以后，朋友在永和一家小面摊子上认到了小癞子，它又回复在垃圾堆的日子，守候在桌旁捡拾人们吃剩的肉骨。

小癞子立即认出它的旧主人，人狗相见，忍不住相对落泪，那小癞子流下的眼泪竟滴到地上。

朋友又把小癞子带回家，整条巷子因为小癞子的回家而充满了喜庆的气息，这两年间小癞子的遭遇是不问可知的，一定受过不少折磨，但它回家后又恢复了往日的神采。过不久，小癞子生了一窝小狗，生下的那天就全被预约，被巷子里，甚至远道来的孩子所领养。

做过母亲的小癞子比以前更乖巧而安静了，有一次我和朋友去买花，它静静跟在后面，不肯回家，朋友对它说了许多哄小孩一样的话，它才脉脉含情地转身离去，从那一次以后，我再也没有看过小癞子了，它是被偷走了呢？还是自己离家而去？或是被捕狗队的人所逮捕？没有人知道。

朋友当然非常伤心，却不知道在什么时间什么地点可以再与小癞子会面。朋友与小癞子的缘分又是怎么来的呢？是随着前世的因缘，或是开始在今生的会面？

一切都未可知。

但我的朋友坚信有一天能与小癞子再度相逢，她美丽的眼睛望着远方说："人家都说随缘，我相信缘是随愿而生的，有愿就会有缘，没有愿望，就是有缘的人也会错身而过。"

篇六：诗情

我想，天下的父母如果都肯为孩子记录一些生命的日记，并且有义丽那样细腻的爱，那我们的孩子就有福了，他们再也不会陷入边缘，不论他们是强健或缺陷，不论他们是资优生或牛头班，都能无憾地成长，昂然立于天地之间。

咫尺千里

今天下午偶然遇到一个朋友，他正在参与拯救青少年的义工工作，现在进行的活动叫作“远离边缘”。

朋友告诉我一些他接触的个案，有一些青少年因为无知，被朋友带去吸毒和抢劫；还有一些因为成绩不好，被社会和学校的教育遗弃，只好流浪街头，做出犯法的事。但是，大部分的青少年会走到边缘，是由于缺少父母亲的爱，当一个人连父母亲的爱都失去了，就什么坏事也可能做出来了。

朋友非常感叹地说：“每次想到这些身体强健的青少年，只因为缺少爱就变坏，心里就很着急，真想每个人都能多爱一些，说不定能支持他们远离边缘。”

我们更感慨的是，这几十年来社会的变迁和教育的失败，使一般的人——不论是青少年，或是成人——都失去了爱的表达能力。我们花更多的时间追求物质的生活，却吝于花一点时间来对待自己的亲人；我们用更多的力气在一些外面的琐事，却舍不得多给最亲的人一些关怀。

那些身强体壮、有无限精力的青少年，他们会变得茫然，成为边缘人，整个社会都有责任。

因为这个社会愈来愈多的是冷漠，而愈来愈少的是爱。

我对朋友说："只有爱，才能拯救这个社会呀！"

这个社会确实存在许多的边缘，但边缘指的不是文化的或社会的，我们在最繁华的都市里，反而有最多边缘的青少年；在最富有的家庭里，也可能培育出最冷漠的心灵。

与朋友谈天结束后，我沿着忠孝东路散步走回家，看着那些外表坚实华丽的大楼，内部是那样冷硬而无感，过于巨大的招牌杂乱无章地挂着。

这些大楼、这些招牌，不正是这个社会人心的显现吗？

我们有着更大的占据与高耸的外表，却有更多的流失与更大的荒芜，我们失去的是心灵的故乡与思想的田园，这是使我们流落于边缘的根源呀！

回到家，我接到儿子幼稚园时代的老师寄给我的一本稿子，这本稿子是一个母亲的日记。

这个母亲因为怀孕时受到病毒感染，生下一个先天畸形的女婴，取名为"心澂"，期望小女孩虽然残缺，还能"心澄如水，能清楚地照见自己、照见世间"。

但是，心澂生下来之后，残缺还没有结束，因为她的脑部病变是"进行式"的，心澂先是肠胃病弱，接着是四肢萎缩，再来是脊椎侧弯，情况一天比一天更糟。

不管情况变得多么糟，心澂的母亲汪义丽女士永不放弃，甚至"连一天也没有离开过孩子"，她带着孩子对抗疾病，对抗残酷的命运，坚持到底。那是源自于她有非常充沛的爱，这爱是泉源，不会枯竭。

心潋在父母亲的爱里，最后还是走了，一共只活了四年的时间，留下来的，是母亲在这四年中写下的充满光辉和泪水的日记。

我跟随着这一本日记、跟随着互相深爱的母女的悲喜，希望能寻找到命运的阳光。

终至我深深地叹息了。

即使如此丰盈的爱也是无力回天，大化实在太无情了。

尽管大化无情，但真正纯粹的爱里，过程是比结局远为重要的，“爱别离”既是人生的必然，却很少人知道，只要完全融入地爱过，别离也就不能拘限我们了。

另外使我叹息的是这世间的荒诞，许多身强体健的青少年形同被父母遗弃；许多面貌姣好的少女竟被父母像货品一样的出售。反而是许多父母的心肝宝贝，却是身心有残缺的，唉唉！大化岂止是无情而已！

在这流动的世间、流转的人情里，是必然的呢？还是偶然的？

如果是偶然的，人生不就如同风云雨露吗？

如果是必然的，存在的理由又是什么呢？

那必然的存在，是为了启示我们、成就我们，让我们学习更繁剧的生命课程，以彻底转化我们的心性。

对于能不断学习和超越的人，由于转化、启示、与成就，所以折磨是好的，受苦也是好的。

当我读到心潋的母亲每个字都以血泪铸造的日记，看到她如何在不断的失望、无望、绝望中转化与超拔，使我想到“母心即是佛心，佛心即是母心”的句子。

也为心潋而感到安慰，虽然她在人间只有短短四年，却沐浴在浓郁的爱里，她所得到的爱可能超过那因为缺乏爱而沦落边缘的人，一生的总和。

我宁可把心潋的生命历程看成是一个不凡的示现，她以短暂的生命来启示她身边的人，而她的母亲为她做的真实记录，但望能启示更多徘徊在爱的边缘的人，回到生命的中心——爱——里来。

我想，天下的父母如果都肯为孩子记录一些生命的日记，并且有义丽那样细腻的爱，那我们的孩子就有福了，他们再也不会陷入边缘，不论他们是强健或缺陷，不论他们是资优生或牛头班，都能无憾地成长，昂然立于天地之间。

在我们这样的时代和社会，只有更无私的爱，才能拯救。

使我痛心的是，为什么那些勇于承担爱的人，往往为了得到咫尺的爱而奔波千里？为什么有好环境去爱的人，却使垂手可得的爱流放于千里之外？

从偶然而观之，但愿天地间相隔千里的心，都可以在咫尺相聚。

从必然观之，但愿由前世情缘相聚的人，都可以互相地珍惜。

我们都要深信：这世界没有真正的边缘！

南国

我喜欢王维一首简短的诗：

红豆生南国
春来发几枝
劝君多采撷
此物最相思

尤其喜欢这首诗里的“南国”与“相思”，南国是在什么地方呢？南国又象征了什么呢？对于写这首诗的王维，他当时是在北地还是南国？他有没有特别思念着的人呢？

相对于“南国”的是“北地”，而相对于“春来”的是“秋去”，它的意象就这样丰富了起来：在南国的人采了红豆，想到好不容易到了春天，又想到秋天的时候到北地去的人，他是不是有着相思呢？

相思？

是的，“相思”是多么高洁的意象呀！我一直认为相思是爱情中最动人的素质，相思令人甜美、引人伤怀、使人辗转、让人悲绝，古来中国的爱情中最常见的病就是“相思病”，有因相思而憔悴的，也有因相思而离开世间的。

相思就是“互相的思念”，看红豆时可以想到故人旧情，只是一种象征，事实上相思是一种心行，从心而有，心里想念着故人，就是寒夜中闪动的萤火，都像是情人寄来的灯盏呀！

在佛经里说“人惟情有”，是说投生到这世界的人，就是为了情而投生的，他们存情、执情、迷情，甚至惟情，使人因此生生世世在情里流转。这种“情有”就是“隔世的相思”，可见相思不仅能穿破空间无限的藩篱，甚至能打破时间生世的阻隔。

我们因为舍不得离开在世间曾有的情爱，再轮回时又回来和亲人情侣相会，这时就有了因缘，我们的相思使我们的因缘聚合，但在因缘尽了的时候又使我们因离别而相思。

从生死因缘的观点来看，我们若是从南国离开这个世间，那么我们为了和从前的因缘相会，就会因情爱再投生到南国去。佛经里说我们这个世界是“娑婆世界”，又说是“南阎浮提”，南阎浮提不正是我们堕入相思迷惘的南国吗？

有许多许多人，他们在面对情爱的时候，最常挂在口中的是“随缘”，也就是随着因缘流转，缘生固然是好，缘灭也不悲忧，可是随缘总有无助的味道，完全随缘，就是完全的流转，将会留下不少的憾恨。

我想，更好的态度是“惜缘”，珍惜今生的每一次会面、珍惜今生的每一次爱情，甚至珍惜每一次因缘的散灭，才使我们能相思、懂得相思，并且在相思时知道因缘的真谛，而不存有丝毫的遗憾与怨恨。

现代人最可怕的是失去了对“相思”的认识，大部分人都不能真正惜缘，使得情人间的爱都成为“露水因缘”，露水是不能隔日的，还能有什么相思呢？

让我们心情幽静地来读一次王维的诗：“红豆生南国，春来发几枝，劝君多采撷，此物最相思”，我们是不是相思起南国或者北地的人呢？当我们能相思的时候，我们的心就像一面澄澈的湖水，可以照见情爱中高洁的境界。

我们的相思，可以使我们的意念如顺风的船，顺利地驶向目的地；但这种意念顺利的开拔，是不是让我们从相思里产生一些自觉呢？自觉到我们的生命所要驶去的方向，这样相思才不会因烧灼使我们堕落，且因距离而使我们清明。

怀君与怀珠

在清冷的秋天夜里，我穿过山中的麻竹林，偶尔抬头看见了金黄色的星星，一首韦应物的短诗突然从我的心头流过：

怀君属秋夜，
散步咏凉天；
空山松子落，
幽人应未眠。

我很为这瞬间浮起的诗句而感到一丝震动，因为我到竹林，并不是为了散步，而是到一间寺院的后山游玩，不觉间天色就晚了（秋日的夜有时来得出奇的早），我就赶着回家的路，步履是有点匆忙的。并且，四周也没有幽静到能听见松子的落声，根本是没有一株松树的，耳朵里所听见的是秋风飒飒的竹叶（夜里有风的竹林还不断发出伊伊歪歪的声音），为什么这一首诗会这样自然地从心田里开了出来？

也许是我走得太急切了，心境突然陷于空茫，少年时期特别钟爱的诗就映现出来。

我想起了上一次这首诗流出心田的时空，那是前年秋天我到金门去，夜里住在招待所里，庭院外种了许多松树，金门的松树到秋冬之际会结出许多硕大的松子。那一天，我洗了热乎乎的澡，正坐在窗前擦拭湿了的发，忽然听见院子里传来哔哔剥剥的声音，我披衣走到庭中，发现原来是松子落在泥地的声音，“呀！原来松子落下的声音是如此的巨大！”我心里轻轻地惊叹着。

捡起了松子捧在手上，韦应物的诗就跑出来了。

于是，我真的在院子里独自地散步，虽然不在空山，却想起了从前的、远方的朋友，那些朋友有许多已经多年不见了，有一些也失去了消息，可是在那一刻仿佛全在时光里会聚，一张张脸孔，清晰而明亮。我的少年时代是极平凡的，几乎没有什么可歌可泣的事迹，但是在静夜里想到曾经一起成长的朋友，却觉得生活里是可歌可泣的。

我们在人生里，随着岁月的流逝而感觉到自己的成长（其实是一种老去），会发现每一个阶段都拥有了不同的朋友，友谊虽不至于散失，聚散却随因缘流转，常常转到我们一回首感到惊心的地步。比较可悲的是，那些特别相知的朋友往往远在天际，泛泛之交却近在眼前，因此，生活里经常令我们陷入一种人生寂寥的境地，“会者必离”，“当门相送”，真能令人感受到朋友的可贵，朋友不在身边的时候，感觉到能相与共话的，只有手里的松子，或者只有林中正在落下的松子！

在金门散步的秋夜，我还想到《菜根谭》里的几句话：“风来疏竹，风过而竹不留声；雁渡寒潭，雁去而潭不留影。故君子事来而心始现，事去而心随空。”朋友的相聚，情侣的和合，有时心境正是如此，好像风吹过了竹林，互相有了声音的震颤，又仿佛雁子飞过静止的潭面，互相有了影子的照映，但是当风吹过，雁子飞离，声音与影子并不会留下来。可惜我们做不到那么清明一如君子，可以“事来而心始现，事去而心随空”，却留下了满怀的惆怅、思念，与惘然。

平凡人总有平凡人的悲哀，这种悲哀乃是寸缕缠绵，在撕裂的地方、分离的处所，留下了丝丝的穗子。不过，平凡人也有平凡人的欢喜，这种欢喜是能感受到风的声音与雁的影子，在吹过飞离之后，还能记住一些锥心的怀念与无声的誓言。悲哀有如橄榄，甘甜后总有涩味；欢喜则如梅子，辛酸里总有回味。

那远去的记忆是自己，现在面对的还是自己，将来不得不生活的也是自己，为什么在自己里还有另一个自己呢？站在时空之流的我，是白马还是芦花？是银碗或者是雪呢？

我感觉怀抱着怀念生活的人，有时像白马走入了芦花的林子，是白茫茫的一片，有时又像银碗里盛着新落的雪片，里外都晶莹剔透。

在想起往事的时候，我常惭愧于做不到佛家的境界，能对境而心不起，我时常有的是对于逝去的时空有一些残存的爱与留恋，那种心情是很难言说的，就好像我会珍惜不小心碰破口的茶杯，或者留下那些笔尖磨平的钢笔，明知道茶杯与钢笔都已经不能再使用了，也无法追回它们如新的样子。但因为这只茶杯曾在无数的冬夜里带来了清香和温暖，而那支钢笔则陪伴我度过许多思想的险峰，记录了许多过往的历史，我不舍得丢弃它们。

人也是一样，对那些曾经有恩于我的人，那些曾经爱过我的朋友，或者那些曾经在一次偶然的会面启发过我的人，甚至那些曾践踏我的情感，背弃我的友谊的人，我都有一种不忘的本能。有时不免会苦痛地想，把这一切都忘得干净吧！让我每天都有全新的自己！可是又觉得人生的一切如果都被我们忘却，包括一切的忧欢，那么生活里还有什么情趣呢？

我就不断地在这种自省之中，超越出来，又沦陷进去，好像在野地无人的草原放着风筝，风筝以竹骨隔成两半，一半写着生命的喜乐，一半写着生活的忧恼，手里拉着丝线，飞高则一起飞高，飘落就同时飘落，拉着线的手时松时紧，虽然渐去渐远，牵挂还是在手里。

但，在深处里的疼痛，还不是那些生命中一站一站的欢喜或悲愁，而是感觉在举世滔滔中，真正懂得情感，知道无私地付出的人，是愈来愈少见了。我走在竹林里听见飒飒的风声，心里却浮起“空山松子落，幽人应未眠”的句子正是这样的心情。

韦应物寄给朋友的这首诗，我感受最深的是“怀君”与“幽人”两词，怀君不只是思念，而有一种置之怀袖的情致，是温暖、明朗、平静的，当我们想起一位朋友，能感到有如怀袖般贴心，这才是“怀君”！而幽人呢？是清雅、温和、细腻的人，这样的朋友一生里遇不见几个，所以特别能令人在秋夜里动容。

朋友的情义是难以表明的，它在某些质地上比男女的爱情还要细致，若说爱情是彩陶，朋友则是白瓷，在黑暗中，白瓷能现出它那晶明的颜色，而在有光的时候，白瓷则有玉的温润，还有水晶的光泽。君不见在古董市场里，那些没有瑕疵的白瓷，是多么名贵呀！

当然，朋友总有人的缺点，我的哲学是，如果要交这个朋友，就要包容一切的缺点，这样，才不会互相折磨、相互伤害。

包容朋友就有如贝壳包容怀里的珍珠一样，珍珠虽然宝贵而明亮，但它是有可能使贝舌受伤的，贝壳要不受伤只有两个法子，一是把珍珠磨圆，呈现出其最温润光芒的一面，一是使自己的血肉更柔软，才能包容那怀里外来的珍珠。前者是帮助朋友，使他成为“幽人”，后者是打开心胸，使自己常能“怀君”。

我们在混乱的世界希望能活得有味，并不在于能断除一切或善或恶的因缘，而要学习怀珠的贝壳，要有足够广大的胸怀来包容，还要有足够柔软的风格来承受！

但愿我们的父母、夫妻、儿女、伴侣、朋友都成为我们怀中的明珠，甚至那些曾经见过一面的、偶尔擦身而过的、有缘无缘的人都成为我怀中的明珠，在白日、在黑夜都能散放互相映照的光芒。

清欢

这种清淡的欢愉不是来自别处，正是来自对平静疏淡简朴生活的一种热爱。

少年时代读到苏轼的一阕词，非常喜欢，到现在还能背诵：

细雨斜风作晓寒，淡烟疏柳媚晴滩，入淮清洛渐漫漫。
雪沫乳花浮午盏，蓼茸蒿笋试春盘，人间有味是清欢。

这阕词，苏轼在旁写着“元丰七年十一月二十四日，从泗州刘倩叔游南山”，原来是苏轼和朋友到郊外去玩，在南山里喝了浮着雪沫乳花的小酒，配着春日山野里的蓼菜、茼蒿、新笋，以及野草的嫩芽等等，然后自己赞叹着：“人间有味是清欢！”

当时所以能深记这阕词，最主要的是爱极了后面这一句，因为试吃野菜的这种平凡的清欢，才使人间更有滋味。“清欢”是什么呢？

“清欢”几乎是难以翻译的，可以说是“清淡的欢愉”，这种清淡的欢愉不是来自别处，正是来自对平静疏淡简朴生活的一种热爱。当一个人可以品味出野菜的清香胜过了山珍海味，或者一个人在路边的石头里看出了比钻石更引人的滋味，或者一个人听林间鸟鸣的声音感受到比提笼遛鸟更感动，或者体会了静静品一壶乌龙茶比起在喧闹的晚宴中更能清洗心灵……这些就是清欢。

清欢之所以好，是因为它对生活的无求，是它不讲求物质的条件，只讲究心灵的品味。“清欢”的境界很高，它不同于李白的“人生在世不称意，明朝散发弄扁舟”那样的自我放逐；或者“人生得意须尽欢，莫使金樽空对月”那种尽情的欢乐。它也不同于杜甫的“人生有情泪沾臆，江水江花岂终极”这样悲痛的心事，或者“人生不相见，动如参与商。今夕复何夕，共此灯烛光”那种无奈的感叹。

活在这个世界上，有千百种人生。文天祥是“人生自古谁无死，留取丹心照汗青”，我们很容易体会到他的壮怀激烈。欧阳修是“人生自是有情痴，此恨不关风与月”，我们很能体会到他的绵绵情恨。纳兰性德是“人到情多情转薄，而今真个不多情”，我们也不难会意到他无奈的哀伤。甚至于像王国维的“人生只似风前絮，欢也零星，悲也零星，都作连江点点萍！”那种对人生无常所发出的刻骨的感触，也依然能够知悉。

可是“清欢”就难了！

尤其是生活在现代的人，差不多是没有清欢的。

什么样是清欢呢？我们想在路边好好地散个步，可是人声车声不断地呼吼而过，一天里，几乎没有纯然安静的一刻。

我们到馆子里，想要吃一些清淡的小菜，几乎是杳不可得，过多的油、过多的酱、过多的盐和味精已经成为中国菜最大的特色，有时害怕了那样的油腻，特别嘱咐厨子白煮一个菜，菜端出来时让人吓一跳，因为菜上挤的色拉酱比菜还多。

有时没有什么事，心情上只适合和朋友去啜一盅茶，饮一杯咖啡，可惜的是，心情也有了，朋友也有了，就是找不到地方，有茶有咖啡的地方总是嘈杂的。

俗世里没有清欢了，那么到山里去吧！到海边去吧！但是，山边和海湄也不纯净了，凡是人的足迹可以到的地方，就有了垃圾，就有了臭秽，就有了吵闹！

有几个地方我以前常去的，像阳明山的白云山庄，叫一壶兰花茶，俯望着台北盆地里堆叠着的高楼与人欲，自己饮着茶，可以品到茶中有清欢。像在北投和阳明山间的山路边有一个小湖，湖畔有小贩卖功夫茶，小小的茶几、藤制的躺椅，独自开车去，走过石板的小路，叫一壶茶，在躺椅上静静地靠着，有时湖中的荷花开了，真是惊艳一山的沉默。有一次和朋友去，在躺椅上静静喝茶，一下午竟说不到几句话，那时我想，这大概是“人间有味是清欢”了。

现在这两个地方也不能去了，去了只有伤心。湖里的不是荷花了，是漂荡着的汽水罐子，池畔也无法静静躺着，因为人比草多，石板也被踏损了。到假日的时候，走路都很难不和别人推挤，更别说坐下来喝口茶，如果运气更坏，会遇到呼啸而过的飞车党，还有带伴唱机来跳舞的青年，那时所有的感官全部电路走火，不要说清欢，连浊欢也不剩了。

要找清欢一日比一日更困难了。

当学生的时候，有一位朋友住在中和圆通寺的山下，我常常坐着颠踬的公车去找她，两个人沿着上山的石阶，漫无速度地，走走、坐坐、停停、看看，那时圆通寺山道石阶的两旁，杂乱地长着朱槿花，我们一路走，顺手拈下一朵熟透的朱槿花，吸着花朵底部的花露，其甜如蜜，而清香胜蜜，轻轻地含着一朵花的滋味，心里遂有一种只有春天才会有的欢愉。

圆通寺是一座全由坚固的石头砌成的寺院，那些黑而坚强的石头坐在山里仿佛一座不朽的城堡，绿树掩映，清风徐徐，站在用石板铺成的前院里，看着正在生长的小市镇，那时的寺院是澄明而安静的，让人感觉走了那样高的山路，能在那平台上看着远方，就是人生里的清欢了。

后来，朋友嫁人，到海外去了。我去过一趟圆通寺，山道已经开辟出来，车子可以环山而上，小山路已经很少人走，寺院的门口摆着满满的摊贩，有一摊是儿童乘坐的机器马，叽里咕噜的童歌震撼半山；有两摊是打香肠的摊子，烤烘香肠的白烟正往那古寺的大佛飘去，有一位母亲因为不准孩子吃香肠而揍打着两个孩子，激烈的哭声尖亢而急促……我连圆通寺的寺门都没有进去，就沉默地转身离开，山还是原来的山，寺还是原来的寺，为什么感觉完全不同了，失去了什么吗？失去的正是清欢。

下山时的心情是不堪的，想到星散的朋友，心情也不是悲伤，只是惆怅，浮起的是一阕词和一首诗，词是李煜的："高楼谁与上？长记秋晴望。往事已成空，还如一梦中！"诗是李觏的："人言落日是天涯，望极天涯不见家。已恨碧山相阻隔，碧山还被暮云遮！"那时正是黄昏，在都市烟尘蒙蔽了的落日中，真的看到了一种悲剧似的橙色。

我二十岁时心情沮丧的时候，跑到青年公园对面的骑马场去骑马，那些马虽然因驯服而动作缓慢，却都年轻高大，有着光滑的毛色。双腿用力一夹，它也会如箭一般呼噜向前窜去，急忙的风声就从两耳掠过。我最记得的是马跑的时候迅速移动着的草的青色，青茸茸的，仿佛饱含生命的汁液，跑了几圈下来，一切恶的心情也就在风中、在绿草里、在马的呼啸中消散了。

尤其是冬日的早晨，勒着缰绳，马就立在当地，踢踏着长腿，鼻孔中冒着一缕缕的白气，那些气可以久久不散，当马的气息在空气中消弭的时候，人也好像得到某些舒放了。

骑完马，到青年公园去散步，走到成行的树荫下，冷而强悍的空气在林间流荡着，可以放纵地、深深地呼吸，品味着空气里所含的元素，那元素不是别的，正是清欢。

最近有一天，突然想到骑马，已经有十几年没骑了。到青年公园的骑马场时差一点吓昏，原来偌大的马场里已经没有一根草了，一根草也没有的马场大概只有台湾才有，马跑起来的时候，灰尘滚滚，弥漫在空气里的尽是令人窒息的黄土，蒙蔽了人的眼睛，马也老了，毛色斑驳而失去光泽。

最可怕的是，不知道什么时候在马场搭了一个塑料棚子，铺了水泥地，奇丑无比，里面则摆满了机器的小马，让人骑用，其吵无比。为什么为了些微的小利，而牺牲了这个马场呢？

马会老，是我知道的事；人会转变，是我知道的事；而在有真马的地方放机器马，在马跑的地方没有一株草，则是我不能理解的事。

就在马场对面的青年公园，已经不能说是公园了，人比西门町还拥挤吵闹，空气比咖啡馆还坏，树也萎了，草也黄了，阳光也不灿烂了。我从公园穿越过去，想到少年时代的这个公园，心痛如绞，别说清欢了，简直像极了佛经所说的“五浊恶世”!

生在这个时代，为何“清欢”如此难觅？眼要清欢，找不到青山绿水；耳要清欢，找不到宁静和谐；鼻要清欢，找不到干净空气；舌要清欢，找不到蓼茸蒿笋；身要清欢，找不到清凉净土；意要清欢，找不到智慧明心。如果要享受清欢，唯一的方法是守在自己小小的天地，洗涤自己的心灵，因为在我们拥有得愈多的物质世界，我们的清淡的欢喻就日渐失去了。

现代人的欢乐，是到油烟爆起、卫生堪虑的啤酒屋去吃炒蟋蟀；是到黑天暗地、不见天日的卡拉 OK 去乱唱一气；是到乡村野店、胡乱搭成的土鸡山庄去豪饮一番；以及到狭小的房间里做方城之戏，永远重复着摸牌的一个动作……这些污浊的放逸的生活以为是欢乐，想起来毋宁是可悲的。为什么现代人不能过清欢的生活，反而以浊为欢、以清为苦呢?

一个人以浊为欢的时候，就很难体会到生命清明的滋味，而在欢乐已尽、浊心再起的时候，人间就愈来愈无味了。

这使我想起东坡的另一首诗来：

> 梨花淡白柳深青，柳絮飞时花满城。
> 惆怅东栏一株雪，人生看得几清明?

苏轼凭着东栏看着栏杆外的梨花，满城都飞着柳絮时，梨花也开了遍地，东栏的那株梨花却从深青的柳树间伸了出来，仿佛雪一样的清丽，有一种惆怅之美，但是，人生看这么清明可喜的梨花能有几回呢？这正是千古风流人物的性情，这正是清朝大画家盛大士在《溪山卧游录》中说的："凡人多熟一分世故，即多一分机智。多一分机智，即少却一分高雅。""'山中何所有？岭上多白云，只可自怡悦，不堪持赠君。'自是第一流人物。"

第一流人物是什么人物？

第一流人物是在清欢里也能体会人间有味的人物！

第一流人物是在污浊滔滔的人间也能找到清欢的滋味的人物！

秋天的心

我喜欢《唐子西语录》中的两句诗：

山僧不解数甲子，一叶落知天下秋。

是说山上的和尚不知道如何计算甲子日历，只知道观察自然，看到一片树叶落下就知道天下都已经秋天了。从前读贾岛的诗，有“秋风吹渭水，落叶满长安”之句，对秋天萧瑟的景象颇有感触，但说到气派悠闲，就不如“一叶落知天下秋”了。

现代都市人正好相反，可以说是“落叶满天不知秋，世人只会数甲子”，对现代人而言，时间观念只剩下日历，有时日历犹不足以形容，而是只剩下钟表了，谁会去管是什么日子呢？

三百多年前，当汉人到台湾来垦殖移民的时候，发现台湾的平埔族山胞非但没有日历，甚至没有年岁，不能分辨四时，而是以山上的刺桐花开为一度过着逍遥自在的生活。初到的汉人想当然地感慨其“文化”落后，逐渐同化了平埔族。到今天，平埔族快要成为历史名词，他们有了年岁、知道四时，可是平埔族后裔，有很多已经不知道什么是刺桐花了。

对岁月的感知变化由立体到平面可以如此迅速，宁不令人兴叹？以现代人为例，在农业社会还深刻知道天气、岁时、植物、种作等等变化是和人密切结合的，但是，商业形态改变了我们，春天是朝九晚五，冬天也是朝九晚五；晴天和雨天已经没有任何差别了。这虽使人离开了“看天吃饭”的阴影，却也多少让人失去了感时忧国的情怀，和胸怀天下的襟抱了。

记得住在乡下的时候，大厅墙壁上总挂着一册农民历，大人要办事，大至播种耕耘、搬家嫁娶，小至安床沐浴、立券交易都会去看农民历。因此到了年尾，一本农民历差不多翻烂了，使我从小对农民历书就有一种特别亲切的感情。

一直到现在，我还保持着看农民历的习惯，觉得读农民历是快乐的事。就看秋天吧，从立秋、处暑、白露，到秋分、寒露、霜降，都是美极了，那清晨田野中白色的露珠，黄昏林园里清黄的落叶，不都是在说秋天吗？所以，虽然时光不再，我们都不应该失去农民那种在自然中安身立命的心情。

城市不是没有秋天，如果我们静下心来就会知道，本来从东南方吹来的风，现在转到北方了；早晚气候的寒凉，就如同北地里的霜降；早晨的旭日与黄昏的彩霞，都与春天时大有不同了。变化最大的是天空和云彩，在夏日炎亮的天空，逐渐地加深蓝色的调子，云更高、更白，飘动的时候仿佛带着轻微的风。每天我走到阳台，抬头看天空，知道这是真正的秋天，是童年田园记忆中的那个秋天，是平埔族刺桐花开的那个秋天，也是唐朝山僧在山上见到落叶的同一个秋天。

如若能感知天下，能与落叶飞花同呼吸，能保有在自然中谦卑的心情，就是住在最热闹的城市，秋天也永远不会远去。如果眼里只有手表、金钱、工作，即使在路上被落叶击中，也见不到秋天的美。

秋天的美多少带点潇湘之意，就像宋人吴文英写的词“何处合成愁，离人心上秋”，一般人认为秋天的心情，就会有些愁恼肃杀，其实，秋天是禾熟的季节，何尝没有清朗圆满的启示呢？

我也喜欢韦应物一首秋天的诗：

> 今朝郡斋冷，忽念山中客。涧底束荆薪，归来煮白石。欲持一瓢酒，远慰风雨夕。落叶满空山，何处寻行迹？

在这风云滔滔的人世，就是秋天如此美丽清明的季节，要在空山的落叶中寻找朋友的足迹是多么困难！但是，即使在红砖道上，淹没在人潮车流之中，要找自己的足迹，更是艰辛呀！

在微细的爱里

苏东坡有一首五言诗，我非常喜欢：

钩帘归乳燕，穴牖出痴蝇。
爱鼠常留饭，怜蛾不点灯。

对才华盖世的苏东坡来说，这算是他最简单的诗，一点也不稀奇，但是读到这首诗时，却使我的心深深颤动，因为隐在这简单诗句背后的是一颗伟大而细致的心灵。

钩着不敢放下的窗帘，是为了让乳燕能归来。看到冲撞窗户的愚痴的苍蝇，赶紧打开窗门让它出去吧！

担心家里的老鼠没有东西吃，时常为它们留一点饭菜。夜里不点灯，是爱惜飞蛾的生命呀！

诗人那个时代的生活我们已经不再有了，因为我们家里不再有乳燕、痴蝇、老鼠和飞蛾了，但是诗人的情境我们却能体会，他用一种非常微细的爱来观照万物。在他的眼里，看见了乳燕回巢的欢喜，看见了痴蝇被困的着急，看见了老鼠觅食的心情，也看见了飞蛾无知扑火的痛苦，这是多么动人的心境呢？我们有很多人，对施恩给我们的还不知感念，对于苦痛生活在我们身边的人吝于给予，甚至对于人间的欢喜悲辛一无所知，当然也不能体会其他众生的心情。比起这首诗，我们是多么粗鄙呀！

不能进入微细的爱里的人，不只是粗鄙，他也一定不能品味比较高层次的心灵之爱，他只能过着平凡单调的日子，而无法在生命中找到一些非凡之美。

我们如果光是对人有情爱、有关怀，不知道日落月升也有呼吸，不知道虫蚁鸟兽也有欢歌与哀伤，不知道云里风里也有远方的消息，不知道路边走过的每一只狗都有乞求或怒怨的眼神，甚至不知道无声里也有千言万语……那么我们就不能成为一个圆满的人。

我想起一首杜牧的诗，可以和苏轼这首诗相配，他这样写着：

已落双雕血尚新，鸣鞭走马又翻身。
凭君莫射南来雁，恐有家书寄远人。

世界如此广阔

蝇爱寻光纸上钻，不能透处几多难？

忽然撞着来时路，始觉平生被眼瞒。

——白云守端禅师

我们在生活里经常会有两种经验，一是把自己觉得贵重的东西，找一个特别的地方收藏起来，到要使用的时候，却怎么也找不到那件事物了，原因是我们不以平常心对待，它自然也不平常地对待我们。

另一种经验是，常常使用的东西，费尽九牛二虎之力也找不到，最后发现它就在手上，或在口袋等离我们最近的地方。原因是我们时常舍近求远，而焦虑使我们盲目。

每当我看到有小动物，像蜜蜂、蝴蝶、苍蝇、蚱蜢在飞扑着窗子，急得满头大汗的时候，一方面感到悲悯它们，一方面也想到自己有像它们一样盲目的时候而悲悯了自己。我们被眼耳鼻舌身意所欺瞒的众生，如何才能找到通往广大世界的门扉呢？

因此我读到白云守端禅师悟道的抒怀诗时，非常感动，他把自己比为一只在窗纸上钻撞的苍蝇，忽然撞到来时的道路，才知道平生被自己的眼睛瞒住了。我们要留意“来时路”这三个字，若能找到来时路，就是找到了“父母未生时的本来面目”，当时恍然大悟，才充满了感恩，知悉世界原来如此辽阔而美好。

在《景德传灯录》里有个故事，是说古灵神赞禅师在福州大中寺受业后，行脚时遇到百丈禅师，因而开悟，他开悟后立刻回到大中寺，希望能帮助他最早的受业师父。当他拜见受业师父时，师父问他：“你离开我在外参学，得到了什么？”神赞说：“没有什么。”师父就叫他和平常一样去做杂役。

有一天，他帮师父洗澡捶背，对师父说：“好一所佛殿，佛却不能彰显。”师父回头奇怪地看着他，他说：“佛虽然不彰显，却能放出光芒。”

又有一天，师父在窗下看经，一只蜜蜂在窗纸上冲撞，飞不出去，神赞感叹道：“世界如此广阔，你不肯出去，却在同一张纸上钻，到什么时候才出得去呀！”师父没有反应，神赞随口诵诗一首：

空门不肯出，投窗也大痴，

百年钻故纸，何日出头时。

师父听了心有所感，放下经书问他说：“你行脚的时候遇到什么人？我看你已和从前不同，连说的话都不同了。”他于是对师父说：“弟子遇见了百丈和尚指点，已经开悟，特地回来报答师父的恩德。”

师父就召集大众，请神赞上座说法，神赞于是举唱了百丈禅师的心法，说道：

灵光独耀，迥脱根尘，
体露真常，不拘文字。
心性无染，本自圆成，
但离妄缘，即如如佛。

师父听了神赞说法，因而大悟，感叹地说："幸好在垂老的晚年，还能听到这么殊胜的禅法呀！"

神赞与受业师父的故事，令人感动，里面有师徒的情感、报恩的思想、高远的精神、悟道的平常，使我们知道佛法不离人情，禅心不避世事，见到了禅者平常却不凡、日用而高超的风格。